徳間文庫

極楽安兵衛剣酔記

とんぼ剣法

鳥羽　亮

徳間書店

目次

第一章　付馬《つけうま》

一

ちいさな寝息が聞こえた。さっきまで、お満《みつ》は千代紙を折って遊んでいたのだが、いつの間にか眠ってしまったらしい。千代紙を握ったままのちいさな手が、胸の上で上下していた。すこし汗ばみ、豊頬が桃のようにふくらんでいる。お満は五歳。浅草駒形町にある料理屋、笹川《ささがわ》の女将《おかみ》、お房《ふさ》のひとり娘である。

長岡安兵衛《ながおかやすべえ》は、お満の遊び相手になってやりながら笹川の二階の布団部屋で酒を飲んでいたのだが、すこし眠くなってきた。まだ、酔ってはいなかったが、お満の心地好げな寝息を聞いていたせいかもしれない。

お満はお房とその先夫、米次郎《よねじろう》との間に生まれた娘である。お満が二つのとき米次郎が病死したため、お房の手で育てられた。父親の味を知らないお満は安兵衛を父親のように思うところがあるのだ。

安兵衛が猪口《ちょく》の酒を飲み干し、両手を突き上げて伸びをしたとき、階段を上がってくる足音がした。お房である。

「旦那《だんな》、入りますよ」

お房が障子のむこうから声をかけた。

「しっ、いま、お満が眠ったところだ」

そう言って、安兵衛は障子をそっとあけた。

お房は障子の隙間《すきま》から首をつっ込んで、

「あら、よく眠ってる」

そう言って、部屋に入ってくると、お満を抱き上げた。お満はむずかるような声を上げたが、お房の胸に顔を埋めてまた寝息をたて始めた。お房はお満を一階の寝部屋に連れていくつもりらしい。

「旦那、また、茅町までお願いしたいんですけどね」

お房がお満を抱いたまま言った。金を払えなくなった客の付馬を頼みたいということらしい。

安兵衛は笹川の居候だった。お房の情夫《いろ》でもある。安兵衛は三百石の旗本、長岡家の三男坊だったが、わけあって家を飛び出した。自堕落な長屋住まいをつづけ、一年ほど前まで、笹川の常連客で店に入り浸っていた。

あるとき、無頼牢人《ろうにん》がお房に執拗《しつよう》に言い寄って体を奪おうとしたことがあった。その毒牙からお房を守るため、安兵衛は用心棒代わりに笹川に寝泊まりしていたが、そのうち体の関係ができてしまったのである。

情夫といっても、安兵衛だけ遊んでいるわけにもいかなかったので、暇なときは下働きのようなこともしたし、金が払えなくなった客の付馬などもしていたのである。

「だれだ」

安兵衛が階段を下りながら訊《き》いた。

「吉造《よしぞう》さん」

吉造は、浅草茅町にある栄堂《さかえどう》という薬種問屋の主人である。

「めずらしいな、吉造が金を払えなくなったのか」

栄堂は奉公人が十人ほどもいて、浅草でも名の知れた店だった。その主人の吉造が飲み代が払えなくなったというのである。

「お足がないわけじゃァないんですよ。ちかごろ物騒だから、旦那に送って欲しいんじゃァないかしらね」

お房は首をすくめながら言った。

「付馬というより、用心棒か」

ちかごろ、大川端に辻斬りが出たという噂《うわさ》を耳にしていた。それで、吉造は夜道をひとりで帰るのが心配で、安兵衛を用心棒代わりに連れていく魂胆のようだ。

安兵衛は酒に目がなく飲《の》ん兵衛《べえ》安兵衛などと陰口をささやかれていたが、神道無念流の遣い手で、笹川の常連客のなかには安兵衛の腕を知っている者もいたのである。

「吉造さんは、大事なお客だからね。すまないが、送っていっておくれな」

お房は、お満を抱いたまますまなそうな顔をした。

「なに、茅町なら酔い覚ましにちょうどいい」

駒形町から茅町まで、そう遠い距離ではなかった。それに屋外は、いい月夜のようである。

階段を下りると、格子戸の前で吉造が待っていた。

「極楽の旦那、すまないねえ」

安兵衛の顔を見ると、吉造が愛想笑いを浮かべた。五十がらみ、丸顔で耳朶の大きな福耳をしている。酒で赤くなった顔が、熟柿のようだった。

安兵衛は、親しい者に極楽とかとんぼとか呼ばれていた。極楽とんぼからきた渾名《あだな》である。飲んだくれで気ままな暮らしぶりからきたらしい。

「行こうか」

安兵衛はお房が渡してくれた笹川の提灯《ちょうちん》を手にして店を出た。

町木戸のしまる四ツ（午後十時）には、まだ間がありそうだった。十六夜《いざよい》の月が出ていた。大川の川面を渡ってきた風が、酒気を帯びた体に心地好かった。

ふたりは笹川を出ると駒形堂の脇を通って、千住街道へ出た。家並は夜の帳《とばり》につつまれ、寝静まっていたが、表通りにはちらほら人影があった。夜鷹《よたか》そばや飄客《ひょうかく》、それに大川端へでも稼ぎにいく辻君であろうか。

「旦那、辻斬りの話を聞いてますか」

吉造が小声で訊いた。

「花房《はなぶさ》屋の客が、殺《や》られたようだな」

花房屋は西仲町にある料理茶屋だった。浅草でも名の知れた老舗《しにせ》である。安兵衛が聞いていたのは、花房屋の客が店からの帰りに大川端を歩いているとき、何者かに斬り殺されて財布を奪われたという話だった。

「本所の太物《ふともの》問屋、大増《おおまし》屋の久兵衛《きゅうべえ》さんですよ」

吉造が震えを帯びた声で言った。丸顔が青白く見えた。月明りのせいばかりではないようだ。

大増屋は本所、番場町にある太物問屋の大店《おおだな》だった。おそらく、大増屋の主人、久兵衛は川向こうの本所へもどるために、大川端沿いの通りへ出て吾妻橋を渡ろうとしたのであろう。

「一人だったのか」

夜道を一人で帰るのは不用心だった。それに、大増屋の主人ともなれば、夜道を歩かずに駕籠《かご》を呼ぶだろうと思ったのだ。

「それが、まだ、五ツ（午後八時）前だったし、今夜のようにいい月夜だったもので一人で帰る気になったようですよ」

「そうか。……財布を奪われたそうだな」

安兵衛が歩きながら訊いた。

「はい、八十両も持っていたそうです」

「八十両。大金だな」

いかに大店の主人でも、持ち歩くのに八十両は大金である。

「久兵衛さんは、いつもふところは暖かいようですが、その夜はいつもより多く持っていたそうですよ」

「それにしても、詳しいな」

吉造は事件の聞き込みでもしたのではないかと思われるほど、よく知っていた。

「瓦町の親分さんに聞いたんです」

吉造は首をすくめながら言った。

瓦町の親分というのは、浅草界隈を縄張にしている岡っ引きの伝蔵《でんぞう》である。栄堂のある茅町と瓦町は隣町なので、伝蔵から事件のあらましを聞いたのであろう。

「親分の話では、久兵衛さん、肩口から腋《わき》までバッサリやられ、肋骨《ろっこつ》がむき出しだったそうですよ。……あたしも、久兵衛さんのような目に遭いたくないと思いましてね。それで、旦那を……」

そう言って、吉造は身震いした。

「下手人は腕のたつ武士のようだな」

おそらく袈裟《けさ》に斬ったのであろう。相手が無抵抗の町人でも、肩口から腋まで斬り下げるのは容易ではない。膂力《りょりょく》の優れた剛剣の主とみていいだろう。

ふたりはそんな話をしながら、浅草御蔵の前を過ぎ、鳥越橋を渡って瓦町へ入った。栄堂のある茅町まで、あと数町である。

そのとき、吉造が後ろを振り返り、

「だ、旦那、だれか来ます」

と、震えを帯びた声で言った。

「辻斬りではない」

安兵衛は鳥越橋のたもと辺りから、背後を歩いてくる男に気付いていた。武家らしく二刀を帯びていた。黒の頰隠《ほおかく》し頭巾《ずきん》で顔を隠している。ただ、体から放つ殺気はなかった。それに、酔っているらしく足元がすこしふらついている。

安兵衛はどこかで見た体軀《たいく》のような気もしたが、遠方なのではっきりしなかった。

「で、ですが、顔を隠していますよ」

吉造は不安そうな顔で言った。

「心配するねえ。浮かれ烏《がらす》だよ」

安兵衛は伝法な物言いをした。笹川に居候するようになってから、ときおり武家らしからぬ乱暴な言葉遣いをすることがあった。笹川に出入りする町人たちの言葉に染まったのである。

安兵衛の言葉通り、背後の武士は瓦町から茅町へ入るとすぐ、左手の路地へ入っていった。まだ飲み足りず、柳橋辺りの料理屋にでも立ち寄るつもりなのかもしれない。

「店は、目の前だ」

安兵衛が前方を指差して言った。

夜陰のなかに、栄堂の土蔵造りの店舗と屋根看板が黒く浮き上がったように見えていた。

ここまでくれば、安心である。

「お蔭で、助かりました」

吉造はほっとしたように言った。

二

「旦那、又八《またはち》さんが来てますよ」

安兵衛は、お房の障子越しの声で目を覚ました。

急いで寝間着を着替え、いつもの着古した単衣《ひとえ》とよれよれの袴姿《はかま》で階下へ下りていくと、格子戸の前に又八が立っていた。格子戸の間から土間に朝陽が射し込んでいる。五ツ（午前八時）ごろらしい。

又八は丸顔を赤く染め、どんぐり眼《まなこ》を剝《む》いていた。急いで来たらしく、荒い息を吐いている。

「朝っぱらから、どうしたい」

そう言うと、安兵衛は両腕を伸ばして大欠伸《あくび》をした。

「だ、旦那、大変だ！」

「何があった」

「辻斬りだ。昨夜、大川端に出たらしい」

又八は唾《つば》を飛ばして言った。

「それより、仕事はどうした」

安兵衛が訊いた。又八は料理用の魚を笹川にとどけているぼてふりである。いまごろは、日本橋の魚河岸に行っていなければならないはずだ。見ると、又八は商売道具の盤台《ばんだい》も持っていない。

「仕事どころじゃァねえ。殺られたのは侍らしいですぜ。大増屋につづいてふたりとなりゃァ、放っちゃァおけねえ」

又八がむきになって言った。又八は、どういうわけか捕物好きで勝手に蝶々《ちょうちょう》の玄次《げんじ》と呼ばれる男の手先のような顔をして、探索に首をつっ込むことがあった。

「様子が見たければ、ひとりで行ったらいいだろう。おれには、かかわりがない」

そう言うと、安兵衛はそばにいたお房に、とにかく、朝めしを食わせてくれ、とささやいた。腹がへっていたのである。

「極楽の旦那、殺られたのは霧島《きりしま》さまらしいですぜ。すこしは、旦那ともかかわりがあると思いやすがね」

又八が上目遣いに安兵衛を見ながら言った。

「霧島惣四郎《そうしろう》か」

安兵衛は霧島を知っていた。霧島が笹川に客として来たとき、気が合って何度かいっしょに飲んだことがあったのだ。

霧島は五百石の旗本だった。ただ、小普請《こぶしん》で暇らしく、無聊《ぶりよう》を慰めるためにときおり浅草や柳橋辺りの料理屋や料理茶屋などに出没していた。人はいいのだが、自堕落で酔いつぶれて流連《いつづけ》になることもめずらしくなかった。

安兵衛と暮らしぶりが似ていることもあってか馬が合い、笹川に来ると霧島の方で声をかけるのだ。

「行ってみるか」

霧島なら、放っておくわけにもいかない気がした。

「そうこなくちゃァ」

又八は目をひからせた。

「場所は」

「柳橋にちかい大川端で」

「分かった。ただし、朝めしを食ってからだ」

安兵衛は小桶《こおけ》に水を汲んでもらい、流し場で顔を洗ってから、お房の用意してくれた朝めしを平らげた。

柳橋へむかう途中、又八から話を訊くと、今朝方、盤台をかついで長屋から表通りへ出たところで、顔見知りのぼてふりの竹次郎《たけじろう》から話を聞き、盤台を置いて笹川へ飛んできたのだという。

「おめえ、まだ、現場は見ていないのか」

歩きながら安兵衛が訊いた。

「へい、まずは、旦那に知らせようと思いやしてね」

又八は首をすくめながら言った。

行ってみると、川岸に人だかりがしていた。柳橋にちかい平右衛門町の大川端である。人だかりのなかほどに、黄八丈の小袖《こそで》を着流し、黒羽織の裾《すそ》を帯に挟んだ巻《ま》き羽織《ばおり》と呼ばれる格好で二刀を帯びた八丁堀同心の姿があった。北町奉行所、定廻り同心の倉持信次《くらもちしんじ》郎《ろう》である。その倉持の脇に伝蔵が立っていた。

「前をあけてくんねえ」

又八が人垣の後ろから声をかけると、野次馬たちの人垣が左右に割れて前が見えるようになった。

倉持の足元の叢《くさむら》に、男がひとり仰臥《ぎょうが》していた。大刀の鞘《さや》が腰元から長く伸びていた。納戸色の小袖の胸部がどす黒い血に染まっている。

顔は見えなかった。黒布でおおわれている。

……頬隠し頭巾だ。

そう思ったとき、安兵衛の脳裏に昨夜のことがよみがえった。吉造を送って瓦町まで来たとき、後ろから歩いてきた武士ではないかと気付いたのだ。体軀は似ているが、顔が見えないので霧島かどうかははっきりしない。

「又八、霧島に間違いないのか」

安兵衛は念を押すように訊いた。

「へい、竹次郎はそう言ってやした」

「やはり、昨夜の武士は霧島惣四郎だったのか」

暗がりではっきりしなかったが、霧島に似たような体軀ではあった。

そのとき、安兵衛と又八のやり取りを聞きつけたのか、

「長岡か。おぬし、何か知ってるようだな」

倉持が声をかけた。

安兵衛は倉持と顔見知りだった。以前、お春《はる》という笹川の女中が彦蔵《ひこぞう》という男に勾引《かどわか》されたとき、彦蔵一味の隠れ家を話し、捕らえてもらったことがあったのだ。

「知ってるほどではないがな」

安兵衛は倉持に近寄った。

足元に横たわっている男の横顔が、頬隠し頭巾の間から見えた。まちがいなく、霧島である。

霧島は肩先から腋へ一太刀に斬り下げられていた。ひらいた傷口から切断された肋骨が覗《のぞ》いている。

……なかなかの剛剣だ。

下手人は手練《てだれ》と見ていい。安兵衛はかすかに身震いした。怯《おび》えではなく、強敵に対したときの武者震いである。

「長岡、この男はだれだ」

倉持が足元の死体を指差して訊いた。

「霧島惣四郎どのだ」

安兵衛は、霧島が五百石の旗本であることや笹川に顔を出したおり、いっしょに飲んだ

ことがあることなどを話した後、

「実は、昨夜、霧島どのと会ったのだ」

そう言って、昨夜の様子をかいつまんで話した。

「瓦町でな」

倉持が目をひからせ、

「それで、おぬしは栄堂の吉造といっしょだったんだな」

と、念を押すように訊いた。

「そうだ」

「伝蔵、吉造に話を聞いてこい」

倉持はかたわらに立っていた伝蔵に命じた。

伝蔵は安兵衛に疑い深そうな一瞥《いちべつ》を投げると、ちかごろ手先にしたばかりの三五郎《さんごろう》という若い下っ引きを連れてその場を離れた。

「霧島は斬られただけか」

安兵衛が訊いた。

「ふところに財布がない。辻斬りの狙《ねら》いは、金だろう」

「下手人は手練のようだが、目星は」

「あるもんか。……大増屋久兵衛を殺ったのと、同じ手だとは分かっているがな」

倉持は苦々しい顔をして言った。

三

蒸し暑い日だった。凝《じっ》としていても汗ばんでくる。さすがに、安兵衛も布団部屋で酒を飲む気にはなれず、お房に頼んで愛用の朱塗りの瓢《ひさご》に酒を入れてもらうことにした。携帯用の酒入れで、瓢簞《ひょうたん》のくびれに紐《ひも》が結んであり、紐の先には木製の杯が付いている。

「旦那、どこで飲むんです」

お房が瓢を渡しながら訊いた。

「大川端でな、川風に吹かれながら飲むのだ」

「酔って、川に嵌《は》まらないでくださいよ」

お房はあきれたような顔をして言った。

「心配するな。暗くなる前に帰ってくる」

安兵衛は瓢を肩にかけ、朱鞘の大刀を一本落とし差しにして笹川を出た。

七ツ（午後四時）ごろだった。暮れ六ツ（午後六時）までに、まだ一刻（二時間）ほどもある。

安兵衛は駒形堂の裏手へ出ると、大川端を材木町へむかった。駒形堂付近には参詣客や吉原へ猪牙舟《ちょき》でむかう男などがいて、落ち着いて酒を飲むような場所がなかったのである。

材木町へ出てしばらく歩いたときだった。安兵衛は跡を尾《つ》けてくる人影に気付いた。町人体の男が、板塀の陰や樹陰などに身を隠しながら尾けてくる。

町屋がとぎれたとき、それとなく振り返ると、川岸の柳の樹陰から通りへ出た男の姿がはっきりと見えた。

……三五郎だ！

伝蔵が使っている下っ引きである。

まだ、尾行の経験が浅いと見え、忍び足のような格好で歩いたり、樹陰に走り込んで身を隠したりするので、よけい目につく。

……なぜ、おれを尾けるのだ。

三五郎は、伝蔵の指示でそうしているのだろうが、安兵衛は伝蔵の目的が分からなかった。

安兵衛は、そのうち分かるだろうと思い、それほど気にもせず、大川端の土手の叢に腰を下ろした。そこは桜の樹陰になっていて、目の前に大川の川面がひろがっている。川面を渡ってきた風が心地好かった。安兵衛は瓢の栓を取り、杯に酒をついでかたむけた。うまかった。臓腑《ぞうふ》に染み渡るようである。

五月（旧暦）の中旬。大川の川開きまで、まだ十日ほどあったが、川面には客を乗せた猪牙舟や屋根船などが行き交っていた。対岸の本所竹町の家並が西陽を受けてかがやいている。

ときおり、ちかくを通る猪牙舟の艪音《ろおと》や遠方で船頭の掛け声などが聞こえたが、辺りは静かで、汀《みぎわ》に寄せる波音だけが絶え間なく聞こえていた。

安兵衛がそれとなく背後に目をやると、すこし離れた石垣の陰にかがんでいる三五郎の姿が見えた。まだ、安兵衛を尾行しているらしい。

……ご苦労なことだ。

安兵衛は川面に視線を移し、手酌で杯をかたむけた。

しばらく飲むと、安兵衛は眠くなった。心地好い川風と酒の酔いのせいであろう。安兵衛は桜の幹に背をあずけて、うとうとと眠った。

気が付くと、辺りは暮色に染まっていた。風が強くなったせいか、川面が波立っていた。船影もほとんどなく、黒ずんだ川面が荒涼とひろがっている。

安兵衛は立上がり、石垣の陰に目をやった。人影はなかった。三五郎は安兵衛が眠ったのを知って、尾行をやめたようだ。

笹川の暖簾《のれん》をくぐると、追い込みの座敷にいたお房が慌てた様子で安兵衛のそばに来た。

「旦那、笑月斎《しょうげつさい》という方が見えてますよ」

お房が、声をひそめて言った。

「めずらしいな」

笑月斎は八卦見《はっけみ》を生業《なりわい》にしている男だった。歳は四十半ば、肩まで垂らした総髪で、いつも袖無し羽織に小袖を着流している。ときおり、浅草寺の境内に来ることもあったが、ほとんど吉原で商売をしている。

本名は野間八九郎《のまはちくろう》。生れながらの牢人だが、子供のころ親が剣を学ばせてくれたお蔭で一刀流の遣い手であった。ただ、二十歳のころ剣では食えないと見切りをつけ、易経を学んで八卦見になったのである。

笑月斎が浅草寺の境内でならず者と喧嘩《けんか》になったおり、安兵衛が間に入って仲裁したのが縁で知り合い、その後、お春が勾引された事件でも笑月斎の手を借りたことがあった。

「二階の奥の座敷にいますよ」

お房が小声で言った。

笹川の一階には、追い込みの座敷の他に馴染《なじ》み客用の座敷が一間あった。ちなみに、二階にも客用の座敷が二間ある。お房は気を利かせて、笑月斎を二階の奥の座敷へ案内したようだ。

安兵衛が奥の座敷を覗《のぞ》くと、笑月斎は酒肴《しゅこう》の膳を前にして手酌で飲んでいた。

「長岡、先に一杯やっておるぞ」

笑月斎は安兵衛の顔を見て、相好をくずした。だいぶ飲んだと見え、顔が赭黒《あかぐろ》く染まっている。

「何の用だ」

安兵衛は笑月斎の脇に胡座《あぐら》をかきながら言った。

「まァ、一杯」

笑月斎は手にしていた杯を安兵衛に渡して酒をついだ。

その酒を飲み干した後、安兵衛は、

「酒を飲みに来たわけではあるまい」

と、あらためて訊いた。

「実は、妙なことになっていてな」

笑月斎が身を乗り出すようにして言った。

「妙なこととは」

「尾けられている」

「だれに」

「町方だ。このところ、岡っ引きらしい男が、わしの跡を尾けまわしておるのだ」

「賭場《とば》の手入れでもするつもりではないのか」

笑月斎は博奕《ばくち》好きだった。金さえあれば、賭場に入り浸っている。

「賭場の手入れなら、わしの跡など尾けぬ。賭場を見張るだろう。町方の狙いは、別だな」

笑月斎は断定するように言った。

そのとき、安兵衛は三五郎に尾けられたことを思い出し、自分も同じ筋で尾行されたのではないかと気付いた。

「そういえば、おれも尾けられている」

「町方にか」

笑月斎が驚いたような顔をした。

「そうらしい」

「おぬし、思い当たることはないのか」

笑月斎が訊いた。

「うむ……」

心当たりと言えば、霧島惣四郎が斬り殺されたことぐらいである。大川端の現場で、伝蔵が疑わしそうな目をむけたことを安兵衛は思い出した。

……おれが、霧島を殺したとみたのかもしれぬ。

と、安兵衛は思った。

「おぬし、霧島惣四郎が大川端で斬り殺されたのを知っているか」

安兵衛が訊いた。

「噂は聞いている」

「町方は辻斬りの仕業と見ている」

「そうらしいな」

「おぬしに、辻斬りの疑いを持ったのかもしれんぞ」

町方は笑月斎にも嫌疑をかけたのではないか。

「ば、馬鹿なことを言うな。わしは、博奕はやるが辻斬りはやらぬ」

笑月斎がむきになって言った。

「だが、町方に目をつけられたのだ。おれもな」

久兵衛や霧島を斬った下手人は、剣の手練だった。当然、町方は武士とみるだろう。安兵衛も笑月斎も浅草に住み、町方から見れば無頼牢人で、しかも剣も遣える。辻斬りの嫌疑をかけられても不思議はない。

「辻斬りでないことは、いずれ知れようが……。しかし、困ったな」

笑月斎が困惑したような顔をした。

「何が、困るのだ」

「町方に尾行されては、賭場へ行くことができぬ」

笑月斎は苦々しい顔をして杯の酒を飲み干した。

四

店の方が騒がしいので、安兵衛が階段を下りていくと、又八と船頭の梅吉がこわばった顔をむけた。追い込みの座敷にいたお房もうかぬ顔をしている。

「どうした、しけた顔をして」

安兵衛は伸びをしながら訊いた。

「旦那、まずいことになってますぜ」

又八が安兵衛に身を寄せて言った。

「まずいこととは」

「伝蔵のやつが、旦那のことを探っているようなんで」

そう言って、又八が顔をしかめた。梅吉とお房の顔にも、不安そうな表情があった。又八から、話を聞いたのだろう。

「そのようだな」

安兵衛は、伝蔵の手先の三五郎が尾けまわしていることを知っていた。

「旦那、のんびり構えてていいんですかい。伝蔵のやつ、ありもしないことをでっち上げて、旦那をお縄にしようとしますぜ」

「そう気をまわすな。おれに縄をかけるような馬鹿な真似はしねえよ」

伝蔵はともかく、倉持は安兵衛が辻斬りでないと分かっているはずだった。それに、町方は安兵衛だけでなく笑月斎にも嫌疑をかけているのだ。浅草界隈の浮浪な牢人に目星をつけて、一通り洗っているにちがいない。いずれ、自分の嫌疑は晴れるはずだ、と安兵衛は思い、高を括《くく》っていたのだ。

「それが、旦那、探っているのは町方だけじゃァねえようなんで」

又八が怯えたような目をして言った。

「だれが、探っているんだ」

「火盗改《かとうあらため》ですよ」

「なに、火盗改だと」

思わず、安兵衛が声を大きくした。

「へい、火盗改の手先が、久兵衛と霧島さまが殺られた大川端で聞き込んでるらしいんで」

又八によると、浅草寺の境内で玩具の蝶々を売っている玄次に会い、火盗改が浅草寺界隈で探索していることを聞いたという。

「火盗改が動いても不思議はないな」

　火附盗賊改は、火付、盗賊、博奕などを主に探索、捕縛する特別な捜査機関である。大店の主人が斬殺されて大金を奪われ、さらに旗本も同じ下手人により斬殺されたとなれば、当然、火盗改も捕縛のために動き出すだろう。

　その後、安兵衛は又八から霧島が辻斬りに襲われたのは浅草の料理屋で飲んだ帰りだったことと、三十余両もの大金を奪われたらしいことを聞いていた。霧島は飲み始めると流連《いつづけ》することもめずらしくなく、遊びに出るときは大金を所持していることが多いという。又八は、岡っ引きの真似事をして聞き込み、そうした噂を耳にし、得意になって安兵衛に話したのである。

「火盗改につかまったら、生きちゃァいられませんぜ」

　又八は顔をゆがめて不安そうな顔をした。

　安兵衛が腕組みをして黙り込んでいると、お房がそばに来て、

「それに、このところ客足が急に減ってしまってね」

と、眉宇《びう》を寄せて言った。

「客足が減っただと」

「そうなんだよ」

お房によると、ここ数日、笹川だけでなく、浅草寺界隈の料理屋、料理茶屋などの客が急激に減ったというのだ。

「どういうわけだ」

「辻斬りのせいだよ」

「うむ……」

安兵衛は、なぜ客足が減ったかすぐに分かった。浅草を贔屓《ひいき》にしていた大増屋久兵衛と旗本の霧島が飲んで帰る途中、辻斬りに斬り殺されたのだ。しかも、その探索のため町方と火盗改が界隈を探っているとなれば、うかうか酒など飲んでいられなくなろう。

「どうすれば、いいのかね」

お房が、困惑したような顔で言った。

安兵衛は、このまま放っておくわけにもいかないと思った。自分の嫌疑はともかく、笹川の商売にも差し障りがあるのである。

「お房、おれが何とかするが金がいる。三両ほど都合してくれ」

「待っておくれ」

お房はわけも訊かず、すぐに帳場へ行き、三両分の一分銀を手にしてもどってきた。

安兵衛は金を受け取って財布にしまうと、

「又八、手があいてるか」

と、訊いた。

「へい」

と、又八が目をひからせて答えた。安兵衛が事件の探索に乗り出す気になったのを察知したのである。

「いっしょに来てくれ」

安兵衛は朱鞘の大刀を落とし差しにして格子戸をあけた。

すると、戸口のところで地べたに何か描いて遊んでいたお満が、安兵衛の姿を目にし、

「とんぼの小父ちゃん、遊んで」

と、腰にしがみついてきた。いい遊び相手が出てきたと思ったらしい。

「今日は、いそがしいんだ」

「遊んで、遊んで」

お満は、安兵衛の帯をつかんで離さない。

「その前に、おっかさんが戸口にいるから遊んでいいか、訊いてこい」

安兵衛は、ここは逃げの一手だと思った。

「ここで待ってて。訊いてくるから」

そう言うと、お満は戸口からなかへ入った。

「かわいそうだが、今日は相手ができぬ」

そう言い置いて、安兵衛は駆け出した。又八も遅れじと走ってきた。

ふたりが、笹川の店先から半町ほど離れたとき、ワア、というお満の泣き声が聞こえた。

安兵衛に逃げられたのを気付いたようだ。

「ところで、旦那、どこへ行くんで」

又八が足をとめて訊いた。

「まず、玄次だ」

安兵衛は、玄次が事件について知っていることを聞いた上で手を借りようと思っていた。

五

浅草寺の境内は参詣客で賑《にぎ》わっていた。参道を大勢の老若男女が行き交い、茶店、楊枝店、薬屋などの床店にくわえ、大道芸人や子供相手の飴売《あめう》り、冷水売《ひやみずう》り、独楽《こま》回しなどが客を集めている。

「旦那、玄次親分は仁王門の先にいるはずですぜ」

又八が参詣客の間を歩きながら言った。

玄次は倉持から手札をもらっていた腕利きの岡っ引きだった。ところが、追っていた盗人を殺したことから手札を倉持に返し、いまは子供相手に玩具の蝶々を売って暮らしていた。ただ、まったく町方の仕事から手を引いたわけではなく、ときおり倉持に依頼されて探索に手を貸していた。

また、町方の仕事の他にも、依頼されて人探しや濡《ぬ》れ衣《ぎぬ》を晴らすための調査や探索なども引き受けていた。むろん、相応の報酬を得てである。いわば、現代の私立探偵のような仕事をやっていたのだ。

安兵衛は笹川がかかわった事件の解決のため何度か玄次に探索を頼んだことがあり、顔見知りだった。それに、又八も玄次と親しかった。又八は岡っ引きになりたがっていて、勝手に玄次の下っ引きのような顔をしていた。そして、何かあると玄次に話をもっていくのだ。

「あそこにいやす」

又八が手水舎《ちょうずや》の脇を指差した。

玄次は八ツ折の編笠をかぶり、玩具の蝶々を入れた箱を首にかけ、手にした蝶々をひらひらさせていた。蝶々は、細く削った籤《ひご》の先に紙で作った蝶を張り付けたものである。数人の子供が、玄次のまわりに集まり、飛びまわっているように見える蝶々に目を剝いていた。

「玄次、話がある」

安兵衛が玄次に近寄って声をかけると、

「今日は、おしまいだよ。また、来ておくれ」

そう言って、玄次は手にした蝶を箱のなかにしまった。

玄次は去っていく子供たちの背を見送ってから、

「旦那、日陰へ行きやしょう」

と言って、先に立って歩きだした。まだ、西陽が強かったし、参詣客の姿もあったので、そこで話すわけにはいかなかったのである。

玄次は、以前話したことのある護摩堂の前の松の樹陰にふたりを連れていき、

「話というのは何です」

と、訊いた。

「大増屋久兵衛と霧島惣四郎が辻斬りに殺られたのは知ってるな」

「へい」

玄次は編笠をかぶったままうなずいた。笠の間から、細い目がひかっている。

「その件で、町方だけでなく火盗改も動いているそうだな」

「そのようで」

玄次は、チラッと又八の方に目をやった。安兵衛が又八から聞いたと思ったのであろう。

「倉持の指示で探っているのか」

安兵衛は、まず玄次がこの事件にかかわっているかどうか知りたかった。

「いえ、ちかごろ倉持の旦那と話もしておりやせん」

「事件の探索はしてないのだな」

「あっしは、しがねえ蝶々売りでして」

玄次は苦笑いを浮かべた。

「火盗改のことは、どうして知った」

「手先の権六《ごんろく》が嗅《か》ぎまわってるのを目にしやしてね。戸川の旦那が動き出したとみたわけでして」

権六は火附盗賊改の廻り方同心、戸川伝八郎《とがわでんぱちろう》の密偵だという。その権六が久兵衛と霧島の殺された大川端界隈で聞き込んでいたのを見て、戸川が探索に乗り出したのを察知したというのだ。

「そういうことなら、おれに手を貸してくれんか」

安兵衛は玄次の手を借りようと思った。

「何をすりゃァいいんです」

「辻斬りの正体をつかみたい」

「どうして、旦那が辻斬りの探索に乗り出すんです」

玄次が怪訝《けげん》そうな顔で訊いた。

「笹川の居候として、放っておけなくなったのだ」

安兵衛は自分が伝蔵の手下の三五郎に尾行されていることや辻斬り騒ぎで笹川の客足が減ったことなどをかいつまんで話した。

「とばっちりってことですかい」

「まァ、そうだ」

「やってもいいが、ただというわけにはいきませんぜ」

「分かってる。とりあえず、これで、どうだ」

安兵衛はふところの財布から三両分の一分銀を取り出した。

「承知しやした」

玄次が受け取った金を巾着《きんちゃく》にしまうのを見た又八が、

「親分、あっしを使ってくだせえ」

と、意気込んで言った。

玄次が口元に苦笑いを浮かべて又八を見た。

「おれは、手先は使わねえんだ。おめえは、勝手にやりな。とりあえず、吉原あたりで金遣いの荒くなった牢人者を洗ってみるんだな」

そう言い置くと、玄次は安兵衛に頭を下げて、足早にその場を離れていった。

又八は去っていく玄次の背を見送っていたが、

「どうして、親分はあっしを使っちゃァくれねえんだ」

と言って、肩を落とした。

「又八、玄次がおまえを使いたくないのは、一人前の御用聞と認めているからよ」

安兵衛が言った。

「まさか、そんな」

又八が戸惑うような顔をした。

「玄次は、おれは別の筋を洗うが、おめえは吉原を洗ってくれ、そう言ったんじゃァないのか」

「そうか……」

又八は相好をくずしてうなずいた。

六

「お紋《もん》さん、気をつけてくださいよ。ちかごろ物騒だから」

お房は、お紋と男衆《おとこし》の仙次郎《せんじろう》を戸口まで送ってきた。

お紋は遊喜楼《ゆうきろう》の芸者だった。遊喜楼は、浅草並木町、浅草寺雷門の前にある老舗の置屋である。

お紋は本所の材木問屋、池野《いけの》屋の主人の徳右衛門《とくえもん》に呼ばれて笹川に来た帰りだった。お紋といっしょに来た仙次郎は三十がらみ、顎《あご》のとがった目の細い男だった。一年ほど前から遊喜楼で働くようになった箱屋である。箱屋は三味線の入った箱を持って芸者についてくる男衆のことである。

「平気ですよ。辻斬りは、あたしのような女に用はないはずだから」

お紋はそう言うと、高く褄《つま》をとり、赤い蹴《け》出《だ》しを覗かせて格子戸から出ていった。仙次郎は首をすくめるようにお房に頭を下げると、慌てた様子でお紋に跟《つ》いていった。

それから小半刻（三十分）ほどして、笹川の戸口がまた賑やかになった。お房と女中のお春が、客を見送りにきたのだ。客はふたり、徳右衛門と手代の常吉《つねきち》である。

「池野屋さん、船頭の梅吉でもお供させましょうか」

お房が心配そうな顔で訊いた。辻斬りが心配だったのである。お房は安兵衛に送らせようと思い、布団部屋へ行ってみたのだが、安兵衛は酒を飲んで大鼾《いびき》をかいていた。起こすのもかわいそうだと思い、梅吉の名を出したのである。

「女将さん、心配いりませんよ。帰りのことも考えて、常吉を連れて来たんですから。それに、ちかごろは町方が夜まわりをしてるようですから、辻斬りも出んでしょう」

そう言って、徳右衛門はかたわらに立っている常吉に目をやった。

常吉は二十代半ば、大柄で胸が厚く、いかにも腕っ節の強そうな男だった。

「気をつけてくださいよ」

お房は、笹川の屋号の入った提灯を常吉に手渡した。

五ツ半（午後九時）ごろだった。屋外は満天の星空である。風のない清夜だったこともあって、徳右衛門はふたりだけで帰る気になったのかもしれない。

「女将さん、いい月が出てますよ」

徳右衛門は機嫌よくそう言い置いて、夜陰のなかに出ていった。

駒形町の通りは、いつもよりひっそりしていた。花街らしく料理屋や船宿などの灯《ひ》が通りを照らし、酔客や芸者などの姿も見られたが、ふだんより人影はすくなかった。辻斬り騒ぎで、客足が減ったせいであろう。

「常吉、すこし遠まわりだが、門前通りを行きましょうかね」

徳右衛門が提灯で足元を照らしている常吉に言った。

大川端を通れば本所へ渡る吾妻橋まで近いが、賑やかな浅草寺の門前通りをまわって吾妻橋へ出ようと思ったのだ。徳右衛門の胸には、大川端で辻斬りに斬り殺された久兵衛のことがあったのである。

門前通りには、ぽつぽつと人影があった。料理屋や料理茶屋が多くなり、嬌声《きょうせい》や三味線の音なども聞こえてきた。通りは辻斬りなどとは縁のない浅草らしい華やかな雰囲気につつまれていた。客足が少なくなったとはいえ、浅草でも有数の歓楽街だけのことはある。

「旦那さま、辻斬りの心配はないようですよ」

常吉が笑みを浮かべて言った。

「そうですとも。……それに、ふたりなら、辻斬りも見逃すでしょう」

徳右衛門の胸には、ふたり連れなら辻斬りも手を出さないだろうとの読みがあった。これまで辻斬りに襲われたふたりは、夜道をひとりだけで帰る途中だった。辻斬りもふたり連れを襲えば、ひとり斬ってももうひとりは取り逃がす恐れがあり、複数の相手は狙わないはずだ、と徳右衛門は思ったのである。

徳右衛門と常吉は、雷門の前を通って吾妻橋へ出た。橋上に人影はなく、川風が吹いていた。上気した肌には心地好い風である。

ふたりは吾妻橋を足早に渡った。橋を渡れば、本所である。本所へ出て、大川端を二町ほど歩けば池野屋のある竹町だった。

橋を渡り終え、大川端を半町ほど歩いたとき、徳右衛門は背後に足音を聞いた。振り返ると、町人体の男が走ってくる。夜だというのに、菅笠をかぶっていた。尻《しり》っ端折《ばしょ》りしているらしく、夜陰に臑《すね》が白く浮き上がったように見えた。

「常吉、だれか来ますよ」

徳右衛門は震えを帯びた声で言った。

ただ、辻斬りとは思わなかった。腰に長脇差を差していたが、武士ではなかったからである。

「旦那さま、急ぎましょう。店はすぐです」

常吉がこわばった顔で言い、小走りになった。常吉も辻斬りとは思わなかったようだが、男の身辺に獲物を追う野犬のような雰囲気を感じ取ったらしい。徳右衛門も恐怖の色を浮かべて跟いていく。

背後からくる男の足は疾《はや》かった。ふたりとの間が見る間に迫ってくる。

徳右衛門は小走りに逃げながら振り返って見た。

追ってくる男の手元が、白くひかっている。長脇差が、月光を反射《はね》てひかったのだ。

「つ、常吉、襲う気ですよ」

徳右衛門が声を震わせて言った。

「追剝《おいはぎ》かもしれません」

常吉は徳右衛門の後ろにまわり込みながら言った。

男の足音はすぐ後ろに迫っていた。

「旦那さま、逃げて！」

常吉が振り返って足をとめた。逃げ切れないと思ったようだ。

「常吉、おまえも逃げろ」

そう言って、徳右衛門が走りだした。店まで、一町ほどである。店まで逃げれば助かると思ったのだ。

だが、常吉は逃げなかった。向き直り、追ってくる男から、主人の徳右衛門を守ろうとしたのである。

「おまえは、だれだ！」

常吉がひき攣《つ》ったような声を上げた。

男は無言だった。長脇差を胸のあたりに構え、すこし前屈《かが》みの格好で走り寄ってくる。男が顔を上げて笠の下から常吉を見たとき、蛇のような細い目がにぶくひかっているのが見えた。酷薄で残忍な雰囲気が全身にただよっている。

常吉はぞっとして身が竦《すく》んだ。

思わず、常吉は手にした提灯を眼前に迫った男に投げつけた。

走りざま、男は顔の前に飛んできた提灯を左手で払った。提灯が脇へ飛び、路傍へ転がった。

ボッ、と音をたてて提灯が燃え上がった。

炎が夜陰を払い、常吉と長脇差を手にした男の姿が浮かび上がった。

「お、おまえも辻斬り！」

常吉がそう叫んだとき、男が飛びかかった。

次の瞬間、男の突き出した長脇差が常吉の喉元に突き刺さった。常吉が目を剝いてのけ反り、男は背後に跳んだ。猿《ましら》を思わせるような敏捷《びんしょう》な動きである。

常吉の首から音をたてて血が噴いた。長脇差が首の血管《ちくだ》を斬ったのである。常吉は血を撒《ま》き散らしながらよろめき、腰から砕けるように転倒した。常吉は悲鳴も呻《うめ》き声も上げなかった。絶命したらしい。

提灯が燃え尽き、黒い幕を下ろすように辺りを夜陰がつつんだ。闇《やみ》のなかに血の濃臭がただよっている。

男は口元にうす笑いを浮かべると、徳右衛門が逃げていった方へゆっくりと歩きだした。

徳右衛門は必死に走った。ちかごろ走ったことなどなかったので、体中が悲鳴をあげている。心ノ臓がふいごのように喘《あえ》ぎ、喉から臓腑が突き上げてきそうだった。

「あ、あと、すこしだ……」

半町ほど先に、池野屋の土蔵造りの店舗と材木をしまう倉庫が見えていた。夜陰のなかに黒々とそびえている。灯は洩《も》れていなかったが、女房や奉公人は起きていて、徳右衛門の帰りを待っているはずである。

そのときだった。ふいに、大川端の柳の樹陰から通りへ人影があらわれた。

徳右衛門は、ギョッとして凍りついたようにその場につっ立った。

二刀を帯びていた。武士である。黒布で頬っかむりしていた。顔は隠れていたが、高い鼻梁《びりよう》が月明りにとがって見えた。

武士は、ゆっくりと徳右衛門の方に歩を寄せてきた。徳右衛門は恐怖で顔がひき攣り、叫び声も出なかった。

「わしが冥途《めいど》へ送ってやる」

武士がくぐもったような声で言った。

徳右衛門は喉のつまったような悲鳴を上げ、逃げようとしてきびすを返した。

武士は抜刀しざま、スッと身を寄せてきた。

瞬間、刃唸りがし、刀身が月光をキラリと反射《はね》た。

と、にぶい骨音がして徳右衛門の首がかしぎ、上半身が折れ曲がったように見えた。

首根から血飛沫《しぶき》が上がった。徳右衛門は驟雨《しゅうう》のように血を撒きながらよろめき、がっくりと両膝を地面につくと、前につっ伏すように倒れた。夜陰のなかで、血の噴出音が物悲しく聞こえた。

武士は倒れている徳右衛門に身を寄せると、血塗《ちまみ》れた刀身を倒れている徳右衛門の袖口でぬぐって納刀した。

そこへ、常吉を仕留めた町人体の男が近寄り、徳右衛門のふところを探った。どうやらふたり組の辻斬りのようである。

「旦那、たんまり持ってやすぜ」

男はずっしりと重い財布を手にしてうす笑いを浮かべた。

七

安兵衛は階段を上がってくる足音に気付いて、手にした猪口を膳に置いた。足音の主はお房である。

「旦那、送ってもらえますか」

障子のむこうで、お房の声がした。

「だれだ」

客を送って欲しいようである。

「黒船町の佐竹《さたけ》屋さん」

お房が小声で言った。張りのない声である。このところ、笹川の客足がめっきり落ち、お房は困り切っていた。一晩に二、三人来ればいい方である。それも、近所の常連客が来るだけで、夜が更ける前に帰ってしまう。辻斬りのせいである。とくに、徳右衛門と常吉が殺されてから急に客がすくなくなった。

徳右衛門が殺された後、笹川や浅草寺周辺の料亭などに町方や火盗改の手先などが聞き込みにきた。そうした手先たちの話によると、徳右衛門は四十数両の金を辻斬りに奪われたことが分かった。徳右衛門の家族が五十両ちかくの金を持って出たと話したという。笹川で使ったのは、三両ほどだったので、すくなくとも四十数両は持っていたことになるのだ。

徳右衛門と常吉が辻斬りに殺され、大金を奪われたという噂はすぐに浅草中にひろまった。そして、前にも増して富裕客は浅草を敬遠するようになったのである。

「ひとりか」

安兵衛は、傍らの柱に立て掛けてあった朱鞘の大刀を手にした。

佐竹屋稲造《いなぞう》は油問屋の主人だった。それほど大きな店ではなく、奉公人が四、五人いるだけだと聞いていた。ただ、笹川を長年贔屓にしてくれている上客のひとりだった。

「ええ、旦那に送って欲しいと言ってるんですよ」

お房は廊下から安兵衛の顔を見上げて言った。

「酔い覚ましにちょうどいい」

安兵衛は大刀を腰に帯びた。

稲造が格子戸の前で待っていた。四十半ば、小柄で温厚そうな顔をした男である。

「すまないねえ。池野屋さんのことがありますんでね。やはりひとりで帰るのは怖いんですよ」

そう言って、稲造は眉宇を寄せた。

「なに、佐竹屋さんのような客なら喜んでお送りしますよ」

めずらしく、安兵衛は世辞を言って格子戸をあけた。

星空だったが、月は出ていなかった。雲で隠れているらしい。安兵衛はお房の渡してくれた提灯で、稲造の足元を照らしてやった。

駒形町の通りはひっそりとしていた。ふだんは酔客や芸者衆などが行き交い、賑やかなのだが、人影もまばらである。料理屋や飲み屋などの灯が通りを照らしていたが、いつもの花街らしい華やかさはなかった。

ふたりは駒形堂の脇を通って、千住街道へ出ようとした。千住街道を神田方面へむかえば、佐竹屋はすぐである。

駒形堂の脇を通り過ぎようとしたとき、堂の脇の樹陰から人影があらわれた。

ヒッ、という喉のつまったような悲鳴を洩らし、稲造が安兵衛の背に張り付くように身を寄せた。

人影はふたつだった。町人体の男と、黒羽織に小袖を着流した武士体の男である。

咄嗟《とっさ》に、安兵衛は刀の柄に手を添えたが、すぐに離した。武士に殺気がなかったからである。

「どこへ、行きやすんで」

町人の男が低い声で訊いた。

提灯に浮かび上がった顔は、ぎょろ目で肌が浅黒く眉《まゆ》の太い男だった。

「何の用だ」

安兵衛が訊いた。稲造は蒼ざめた顔で顫《ふる》えている。

「お上のご用でしてね」

男は上目遣いに安兵衛を見ながら言った。

「権六というのは、おまえか」

見かけぬ顔だった。伝蔵の手先なら一度ぐらい目にしているはずなので、権六であろうと推測したのだ。

「あっしのことなどどうでもいいが、おめえさんは」

男は肯定も否定もしなかった。権六とみていいようである。となると、背後にいる武士は、火盗改の戸川伝八郎であろう。ふたりは辻斬りを捕らえようと浅草寺界隈を巡回していたにちがいない。

「おれは長岡安兵衛、いっしょにいるのは佐竹屋の主人、稲蔵だ」

安兵衛は名乗った。隠すことはなかったのである。

背後にいた稲造が、そうです、わたしは佐竹屋の稲造です、と言い添えた。顫えがとまっている。町方と知って安心したようだ。

「おめえさんが、笹川の居候かい」

武士体の男が安兵衛を睨《ねめ》るように見ながら言った。伝法な物言いである。三十がらみ、面長でのっぺりした顔の男だった。

「火盗改の戸川どのでござるな」

安兵衛が訊いた。

「そうだ」

戸川は否定しなかった。となると、町人体の男はまちがいなく権六である。

「まさか、おめえが送りしなにバッサリ、というわけじゃァねえだろうな」

そう言って、戸川は上目遣いに安兵衛を見た。どうやら、安兵衛を疑っているようである。

「馬鹿なことを言うな。おれは稲造さんに頼まれて店まで送っていくのだ」

安兵衛がそう言うと、稲造が、

「そうです、長岡さまにわたしが頼んだのです」

と、言い添えてくれた。

「そうかい。まァ、今夜のところは見逃しておこう。……行きな」

戸川は疑わしそうな目で安兵衛を見ながら言った。

「おれは、いつでも笹川にいる。用があったら来てくれ」

そう言い置いて、安兵衛はその場を離れた。慌てた様子で、稲造が跟いてくる。

戸川と権六は夜陰のなかに立ったまま、遠ざかっていく安兵衛の後ろ姿を見送っていた。

第二章　手入れ

一

「極楽の旦那《だんな》は、いますかい」

　階下で又八の上ずった声がした。つづいて、すぐに、呼んでくれ、と言う声が聞こえた。何かあったらしい。

　安兵衛はちょうど寝間着を着替え終えたところだった。すでに、五ツ（午前八時）は過ぎているようである。障子が朝の陽射しにかがやいていた。昨夜飲み過ぎて、すこし寝過ごしたらしい。

「旦那、又八さんが来てますよ」

　廊下の端でお房の声が聞こえた。階段を上がって、声をかけたらしい。

欠伸《あくび》をしながら、安兵衛は階段を下りていった。戸口のところに又八とお房、それにお満がお房の尻《しり》に手をまわして張り付いていた。

又八のそばに空の盤台が置いてあった。魚河岸に行く途中、立ち寄ったものらしい。

「旦那、大変だ！」

又八が安兵衛の顔を見るなり声を上げた。

「どうした」

「権六が殺《や》られた」

「権六だと」

安兵衛は下駄をつっかけて土間へ下りた。お房とお満が、食い入るような目で安兵衛を見つめている。

「戸川の手先の権六か」

「へい」

又八が目を剝《む》いてうなずいた。

「だれに殺られたのだ」

「そこまでは分からねえ」

今朝、又八が魚河岸へ行く途中、伝蔵と三五郎が慌てた様子で、竹町之渡《たけちょうのわたし》の方へ行くのを見かけたので跡を尾《つ》けてみると、渡し場の下り口のそばに人だかりがしていたという。

「覗《のぞ》いてみると、権六が殺られてたんでさァ」

又八がお房にも目をやって言った。

「行ってみるか」

竹町之渡と呼ばれる大川の渡し場は、すぐちかくだった。材木町から対岸の本所、竹町への舟渡しの場である。

「あっしも、お供いたしやす」

又八が意気込んで言った。

「その前に、朝めしだ。お房、頼むぜ」

安兵衛が言うと、お房は、すぐ支度をするから、と言い残して板場へ入った。ひとりになったお満は、目を剝いて安兵衛を見上げていたが、遊んでもらえそうもないと察したらしく、お房を追って板場へ行ってしまった。

お房が用意したのは、にぎり飯と味噌汁だった。小皿にたくわんもあった。にぎり飯にしたのは、すぐ食べられるように気を使ったのだろう。味噌汁は自分とお満の朝餉《あさげ》に用意した残りらしい。

「おまえも食うか」

安兵衛は、にぎり飯をつかんで又八の前に突き出した。

「あっしは、朝が早い稼業ですぜ。とっくに、食っちまいやしたよ」

又八は、安兵衛を急《せ》かせるように足踏みをしながら言った。

「そうか。では、おれが食おう」

安兵衛はにぎり飯を食べ終え、茶を飲み終えてから腰を上げた。

「行くぞ」

安兵衛は朱鞘の大刀を腰に帯びた。

大川の川面が夏の陽射しを反射《はね》てかがやいていた。川面の眩《まぶし》いひかりのなかを、猪牙《ちょき》舟や屋根船などが盛んに行き交っている。風のない暑い日である。

竹町の渡し場の桟橋につづく石段の脇に、人垣ができていた。渡し舟の客や船頭などが多かったが、八丁堀同心の倉持、岡っ引きの伝蔵、手先の三五郎、それに玄次の姿もあった。

人垣のなかほどに、格子柄の小袖《こそで》に黒羽織姿の武士がいた。その面長の顔に見覚えがあった。戸川伝八郎である。倉持や伝蔵が人垣の後ろにいるのは、戸川に遠慮したからであろう。

安兵衛と又八が人垣のそばまで来ると、玄次が走り寄ってきた。

「旦那、殺られたのは権六ですぜ」

玄次が安兵衛に耳打ちした。

「そうらしいな。ともかく、死骸《ほとけ》を拝ませてもらおう」

安兵衛は、傷跡だけでも見たいと思った。

人垣を分けて前に出ると、戸川の足元の叢《くさむら》につっ伏している町人体の男の姿が見えた。顔は見えなかったが、権六らしい。細縞《ほそじま》の着物の背が、血を吸ってどす黒く染まっていた。背の他に、首筋も血に染まっていた。

……霧島とはちがう傷だな。

背中の傷は刺し傷だった。首筋の傷は、斜めに掻《か》き斬ったような傷である。

何者かが背後から権六を襲い、刃物で背中を刺し、つづいて首筋を斬ったのではあるまいか。一太刀で袈裟《けさ》に肩口から腋《わき》まで斬り下げるような剛剣ではない。権六を殺したのは、霧島を殺した下手人とはちがうかもしれない。

そのとき、戸川が振り返って安兵衛に目をむけた。安兵衛が近付いた気配を感じ取ったようだ。

戸川は疑念と憎悪の入り交じったような顔をして何か言いかけたが、口をとじてしまった。安兵衛を見つめた双眸《そうぼう》には刺すようなひかりが宿っていた。

安兵衛は、背筋を冷たい物で撫《な》でられたような気がした。いずれ、おめえをひっくくってやるぜ、戸川がそう言ったような気がしたのである。

すぐに、戸川は視線を足元の死体に移した。

安兵衛はきびすを返し、人垣から離れた。これ以上、死体を見る必要もなかったのである。又八と玄次が後を追ってきた。

「旦那、どうです？」

大川端は駒形町の方へ歩きながら、玄次が訊《き》いた。

「権六を殺ったのは、霧島を斬った下手人とはちがうようだ」

安兵衛は太刀筋がちがうことを話した。

「旦那、長脇差を遣ったんじゃァねえですか」

玄次が訊いた。

「そうかもしれん」

傷跡だけでは、刀か長脇差かは分からない。ただ、背から刺したり、首筋を掻き斬ったりする殺し方をみれば、長脇差とも考えられる。

「旦那、辻斬りは侍だけじゃァねえようで」

玄次が声をひそめて言った。

「他にもいるのか」

「そうらしいんで」

玄次によると、本所で殺された徳右衛門と常吉のふたりのうち、常吉は長脇差を差した渡世人ふうの男に殺されたらしいという。徳右衛門と常吉が殺された近くで町方が聞き込み、その夜、菅笠をかぶった渡世人ふうの男を目撃した者がいたというのだ。現場近くから逃げるように歩き去ったことと、夜だというのに菅笠をかぶって顔を隠していたことからその男が常吉を殺したとみられているという。

「徳右衛門と常吉は、別の場所で殺されていやしたからね。辻斬りはふたりいるとみた方がいい。腕のいい侍にくわえ、長脇差を遣う渡世人もいるようですぜ」

と、玄次が言い添えた。

「うむ……」

どうやら、辻斬りはふたりらしい。しかも、武士と渡世人となると、徒党を組んでいる可能性もある。

「権六は、辻斬りを見かけて跡を尾けたのかもしれやせん」

と、玄次。

「権六の尾行に気付いたもうひとりが、背後から襲って始末をつけたのか」

いままでの金目当ての辻斬りとちがって、権六は口封じのために殺された可能性が高かった。

……それにしても、容易な敵じゃァねえ。

うかうかしてたら、おれたちも殺られる、と安兵衛は思った。

二

「ところで、玄次、何か知れたか」

安兵衛が歩きながら訊いた。

これまで、玄次は自分だけの方法で辻斬りを洗っていたのである。

「それが、まだ、分からねえんで」

そう前置きして、玄次が話しだした。

玄次は、これまでに殺された大増屋久兵衛、霧島惣四郎、池野屋徳右衛門の三人が、いずれも浅草の料理屋や料理茶屋で飲んだ帰りに殺されたことから、浅草にかかわりのある者の手にかかったのではないかと見当をつけたという。

「とりあえず、腕のいい武士を洗ってみやした」

「おれのように、料理屋に入り浸っているような牢人《ろうにん》が怪しいというわけだな」

町方も同じような見方をしたようだ。それで、安兵衛や笑月斎に目をつけたのであろう。

「ところが、浅草界隈にそれらしい牢人者はいねえ」

「おれにも、心当たりはないな」

浅草寺の周辺の歓楽街には遊び人や無頼牢人などが巣くっているが、思い当たるような男はいなかった。

「そうこうしているうちに、常吉を殺ったのは武士じゃァねえと分かり、辻斬りたちの手引をしている者がいるんじゃァねえかとみたわけです」

「なるほど」

いい読みだ、と安兵衛は思った。

「辻斬りをやりそうな徒牢人《いたずらろうにん》とつるんでるやくざ者を当たってるんですが、それらしいのが出てこねえんで」

玄次は困惑したような顔をした。さすがに、玄次もてこずっているようである。

「町方の探索は？」

安兵衛が訊いた。

「町方が洗っているのは、酒と女、それに博奕《ばくち》でさァ」

辻斬りのような悪党が手にして大金を使うとすれば、酒か女か博奕であろうと見当をつけ、浅草、本所、深川などの岡場所や賭場《とば》などを洗っているという。

「そういえば、又八は吉原を調べていたはずだな」

安兵衛はかたわらの又八に目をやった。

「それが、旦那、まったく……」

又八は首をすくめて、何も出てこねえんで、と小声で言った。吉原にも、それらしい男はあらわれないということらしい。

「しばらく、様子をみるか」

安兵衛は焦って動かない方がいいかもしれないと思った。下手に動くと、権六の二の舞いになる恐れがあったのだ。

三人は黙り込んだまま歩いていたが、玄次が何か思いついたように顔を上げて、

「旦那も又八も、用心した方がいいですぜ」

と、声を低くして言った。

「権六が殺されたことで、火盗改《かとうあらため》の戸川さまは本腰を入れてきやすぜ。それに、町方も火盗改に出し抜かれたくねえはずだ。無理を承知で、疑わしいやつをお縄にしやすぜ」

どうやら、玄次は安兵衛に嫌疑をかけられるような行動をとるなと言っているようだ。そうでなくても、安兵衛は町方に目をつけられているのである。

「うむ……」

嫌な展開になってきた、と安兵衛は思った。夜、刀を差して出歩かねば、付馬も客や芸者衆を送っていくこともできないではないか。

それから二日後、玄次が言ったとおりになってきた。その日の夕方、安兵衛は笹川の布団部屋でお春といっしょにお満の相手をして、釣《つ》り狐《ぎつね》という遊びをやっていた。

釣り狐は、輪にした紐《ひも》をふたりが両側で持ち、狐役のひとりが輪のなかの物をすばやく取る遊びである。輪のなかに杯のようなちいさな物を置き、狐役が置いた物を取るのが速いか、両側のふたりが輪を上げて狐役の手を釣り上げるのが速いか競うのである。

狐役はお満だった。お満は袖《そで》をたくし上げ細い腕をあらわにして、両手を狐のような格好にして身構え、輪のなかに手をつっ込んで畳の上に置かれた杯を取ろうとした。

安兵衛とお春が紐の輪を手にしていた。お満が輪のなかに手を入れるのを見て、輪を上げるのだ。

「つかまえた。お満狐を、つかまえた」

お満の動作はのろいので、安兵衛とお春がその気になれば簡単に釣り上げられる。

二度、わざとゆっくり輪を上げて杯を取らせてやったが、三度目は輪でお満の細い腕をとらえたのである。

「とんぼの小父《おじ》ちゃんが、狐の番だよ」

お満が紐の輪を手にして言った。

「よし、とんぼ狐の早業を見せてやろう」

そう言って、安兵衛が右袖をたくし上げたとき、階下で又八の声が聞こえた。甲高い声で安兵衛を呼んでいる。

「お春、お満にお手玉でも教えてやってくれ」

すぐに、安兵衛は立ち上がった。ちょうどよかった。安兵衛はお満の相手に飽きていたのである。階下へ下りて行くと、土間に又八が立っていた。走ってきたとみえ、荒い息を吐いている。

「どうした」

安兵衛が訊くと、又八は身を寄せて、

「町方が、ふたりひっくくりやしたぜ」

と、安兵衛の耳元でささやいた。そばにいたお房に、聞かれないよう気を遣ったのかもしれない。

「だれだ」

「蔦屋《つたや》に出入りしている黒熊《くろくま》、それに諏訪町の石谷《いしや》で」

「ふたりとも、遣い手ではないぞ」

黒熊というのは、熊田《くまた》という牢人のことである。浅黒い顔をしていることから黒熊と呼ばれていた。いかつい顔をしているが、剣は未熟である。蔦屋という料理屋で、付けの溜まった客の取り立てなどをしている。

もうひとり、石谷は諏訪町の長屋に住む牢人だった。浅草寺界隈を歩きまわり、料理屋や飲み屋などに何か因縁をつけては、金を脅し取っている嫌われ者である。そこそこ剣も遣えるようだが、霧島を袈裟に一太刀で仕留めるほどの腕はないはずだ。

「伝蔵親分が、たたけば何か出るやつらだと言ってたそうで」

又八が苦々しい顔をして言った。

確かに、ふたりともお縄にする理由はある。黒熊は博奕好きだと聞いていた。一方、石谷は、強請《ゆすり》、たかりの常習犯である。

「うむ……」

安兵衛は、ふたりだけではすむまい、という気がした。町方と火盗改は浅草界隈に住む疑わしい牢人者をかたっぱしからお縄にして拷訊《ごうじん》するつもりではないか。

そうなれば当然、安兵衛の身にも火の粉が降りかかってくるだろう。

三

その夜遅く、安兵衛は障子をあける気配に目を覚ました。だれか部屋に入ってくる。障子に映じた月明りで、腕や首筋の白い肌がかすかに識別できた。お房が這《は》い寄ってくる。寝間着のままだ。

……そういえば、しばらくご無沙汰《ぶさた》だったな。

安兵衛は夜陰のなかで、ニンマリした。

お房は近付くなり、寝ている安兵衛の胸に手を置いて揺すりながら、旦那、旦那、と喉のつまったような声で呼んだ。

端《はな》から、激しい。だいぶ、熱くなっているようである。

安兵衛はすかさずお房の腰に腕をまわして、グイと抱き寄せた。

「お房、待っていたぞ」

そう言って、お房の唇を吸おうとした。

「な、なにをするんですよ」

お房が驚いたように腕をつっ張り、安兵衛から逃れようとした。

「さァ、こい。遠慮はいらんぞ」

安兵衛は両手をひろげて、お房を受入れようとした。

「そ、そうじゃァないのよ。来てるのよ、下に」

お房が慌てて言った。

「来てるって、何が」

「だれか、さっきからずっと戸をたたいてるんですよ。小声で、長岡はいるか、長岡はいるかって言いながら……」

お房が不安そうに顔をゆがめたようだった。

「早く、それを言え」

「言う間がないじゃァないのよ。藪《やぶ》から棒に、抱き付いたりして」

「ともかく、行ってみよう」

安兵衛は立ち上がった。お房との閨事《ねやごと》を楽しんでいる暇はないようである。

辺りは夜陰につつまれていたが、障子に映じた月明りで、かすかに廊下や階段は識別できた。ふたりは廊下を這い、階段を手で確かめながら下りた。

表の引戸をたたく音がした。だれか、いるらしい。

「お房、行灯《あんどん》に灯《ひ》を入れてくれ」

「わ、分かった」

お房は闇《やみ》のなかで手探りして石を打ち、追い込みの座敷の隅にある行灯に灯を入れた。

そのとき、表戸のむこうで、

「長岡、夜分すまぬ。おれだ、笑月斎だ」

という声がした。戸口ちかくに人のいる気配を察知したようだ。

安兵衛は心張棒を外して、引戸をあけた。

夜陰のなかに笑月斎が立っていた。総髪が乱れ、頰に血の色があった。袖無し羽織の肩口が裂けている。

「どうしたのだ」

「いや、ちょっとした取り込みがあってな。そこにいるのは、お房どのか」

店のなかを覗《のぞ》いて、笑月斎が訊いた。

「そうだ。驚いて起き出したようだ」

「いや、すまぬ。たいしたことではござらぬ。すぐに、退散いたすので休んでくだされ」

笑月斎は、追い込みの座敷にいるお房に聞こえるように声を大きくした。

安兵衛は、お房がいると話しづらいようだと察し、

「お房、ここはおれにまかせて休んでくれ」

と言って、お房を寝間にもどした。

お房がいなくなると、笑月斎は、上がり框《かまち》に腰を下ろし、

「すまぬが、水を一杯飲ませてくれ」

と、頼んだ。

すぐに、安兵衛は板場へ行き、湯飲みに水を汲んできた。笑月斎が水を飲み干すのを見てから、

「それで、何があったのだ」

安兵衛が、あらためて訊いた。

「繁蔵《しげぞう》の賭場に、火盗改の手が入ったのだ」

「火盗改か」

安兵衛は驚いた。町方ではなく、火盗改だというのだ。おそらく、戸川が指図したのであろう。

「町方なら、事前に手入れの情報が入るのだが、繁蔵も火盗改までは手をまわしてなかったのだろうよ」

そう言って、笑月斎が小声で話しだした。

浅草元鳥越町に馬道《うまみち》の繁蔵と呼ばれる親分の賭場があった。博奕好きの笑月斎は、その

賭場へときどき出かける。

今夜、笑月斎が繁蔵の賭場で博奕を打っていると、客が集まった五ツ（午後八時）過ぎ、突然、捕方が踏み込んできたという。

繁蔵の手下たちが親分や客を逃がそうとして灯明を消したため、賭場は大混乱におちいった。捕方たちは龕灯《がんどう》の明りで賭場にいた者たちを追いまわし、容赦なく十手や六尺棒をふるった。客や手下は怒号や悲鳴を上げながら逃げまわった。

「わしは、咄嗟《とっさ》に部屋の隅に逃れたのだ。捕方の動きを見ると、商家の旦那や職人などは見逃し、お縄にしようとしているのは、わしのような牢人者や遊び人、それに博奕打ちのような連中なのだ」

「狙《ねら》いは、辻斬りの下手人探しだな」

賭場の手入れは、辻斬りを探し出すためであろう。それで、牢人体の男と渡世人に的を絞ったにちがいない。

「わしも、そう見た。それで、縄を受けたらひどいことになると思い、やむなく落ちていた刀をふるって賭場から逃げ出したのだ」

「捕方を斬ったのか」

捕方を斬殺すれば、逃げ延びたとしても江戸にはいられなくなろう。

「いや、峰打ちだ」

「それで、どうした？」

まっすぐ、賭場からここへ逃げてきたとは思えなかった。すでに、丑《うし》ノ刻（午前二時）ちかくであろう。

「いったん、三間町の長屋にもどったのだが、すぐに所在が知れると思い、ここへ来たのだ」

「女房どのはどうした」

笑月斎は女房とふたり住まいだった。

「女房には、濡《ぬ》れ衣《ぎぬ》が晴れるまでしばらく身を隠すと話しておいた。町方が来たら、ここしばらく家にもどっていないので、離縁したと思っていると答えておけ、そう言い置いてきたから心配ない」

笑月斎は平然とした顔で言った。

「これから、どうするつもりだ」

安兵衛が訊いた。

「行き場がない。それで、おぬしの布団部屋にしばらく、もぐり込んでいようかと思ってな」

そう言って、笑月斎は階段の方へ目をやった。

「馬鹿なことを言うな。ここは、おぬしの長屋がある辺りより町方の目が厳しいぞ」

安兵衛は、つい最近、牢人がふたり町方に捕縛されたことを話した。

「では、どうする？」

笑月斎が困ったような顔をして訊いた。

「どうするって、自分のことではないか……」

勝手にしろ、と喉から出かかった言葉を安兵衛は呑み込んだ。このまま、笑月斎を放り出すのもかわいそうだと思ったのだ。

いっとき、安兵衛はいい隠れ家はないか考えていたが、急に顔を上げて、

「まず、その頭を何とかせねばならんが、町人体に髷《まげ》を結う気はあるか」

と、訊いた。

「やむを得んな」

「それなら、おれといっしょに来い」

「どこへ行くのだ」

「三好町の玄次のところだ」

玄次は徳兵衛店《とくべえだな》という棟割り長屋に住んでいた。家族はなく、独り暮らしである。その長屋は、大道の物売りや大道芸人などが多く住んでいると聞いていた。笑月斎が転がり込むには絶好の場所である。

ふたりは東の空が明らんでくるころ、笹川を出て三好町にむかった。

玄次は起きていた。土間の竈《かまど》に火を焚《た》き付けて、朝飯の支度をしていた。

「どうしやした、朝っぱらから」

玄次はふたりの顔を見て、驚いたような顔をした。

「なに、昨夜、ちょっとしたことがあってな」

笑月斎が賭場の手入れの一部始終をかいつまんで話した。

「火盗改も、必死のようで」

玄次は竈から立ちのぼる煙に目をこすりながら言った。

「それでな。この男を、しばらくここに居候させて欲しいのだ」

安兵衛が言った。

「かまわねえが、その頭じゃァ、すぐにばれやすぜ」

「町人らしい髷に結うそうだ。身装《みなり》も、それらしく変えさせるから、おめえの商売の手伝いでもやらせてくれ」

　安兵衛が言うと、玄次は苦笑いを浮かべて、

「子供相手の蝶々《ちょうちょう》売りができますかい」

　と、訊いた。

「わしも客商売だ。大人も子供も大差あるまい」

　笑月斎が、八卦見よりおもしろいかもしれんな、と言い添えた。

四

　安兵衛は玄次に朝飯を食わせてもらい、五ツ半（午前九時）ごろになって、笹川にもどった。戸口にいた梅吉が走り寄ってきて、

「榎田《えのきだ》さまが、いらっしゃってますぜ」

　と、耳打ちした。

「どういうわけか、昨夜からたてつづけに来客がある」

そう言って、安兵衛は苦笑した。

榎田平右衛門《へいえもん》は長岡家の用人である。安兵衛が幼いころから長岡家に仕えている男で、隠居した安兵衛の父親の長岡重左衛門《じゅうざえもん》の使いでくることが多かった。

格子戸をあけると、榎田が上がり框に腰を下ろしていた。苦虫を噛《か》み潰《つぶ》したような顔をしていたが、安兵衛を見るなり、

「早朝から、どこへお出かけです」

と、棘《とげ》のある声で訊いた。

「なに、ちかごろは朝早く起きて、体を動かすことにしているのだ。自堕落な暮らしはしたくないのでな」

安兵衛はもっともらしく言った。

「朝帰りでは、ございますまいな」

榎田が憮然《ぶぜん》とした顔で訊いた。

安兵衛はお静という料理屋の女中と長岡重左衛門との間に生まれた子である。重左衛門は安兵衛が生まれるとお静を身請けし、浅草今戸町の仕舞屋《しもたや》を買い取ってお静を住まわせた。そこで、安兵衛を育てさせたのである。

ところが、安兵衛が八歳になったとき、お静が病死してしまった。しかたなく、重左衛門は自邸に安兵衛を引き取った。家には嫡男の依之助《よりのすけ》、次男の俊次郎《としじろう》がいたので、安兵衛は三男ということになる。

現在、依之助は長岡家を継ぎ、御目付の要職にあった。また、俊次郎は三百石の旗本の婿養子になっている。安兵衛だけが、妾腹の子だったこともあり、家を出て牢人暮らしをしていた。長岡家にとって、安兵衛は不肖の子であり厄介者だった。そのため、重左衛門をのぞいた長岡家の者は安兵衛に冷たかった。

ただ、榎田はちがった。安兵衛が八歳で長岡家に引き取られたときから、何かと味方し、親身になって面倒を見てくれたのだ。そのため、安兵衛も榎田に対しては肉親のような情愛をもっていた。

榎田にも、安兵衛を自分の倅《せがれ》のように思うところがあった。そのため、安兵衛に対してはひどく口やかましかった。

「おれは居候だぞ。居候が朝帰りなどしたら、追い出されてしまうよ」

安兵衛は苦笑いを浮かべて、榎田の脇に腰を下ろすと、

「それより、出す物があるだろう」

と、榎田の耳元でささやいた。

榎田が笹川に顔を出すときは、なにがしかの金を重左衛門から預かってくることが多かったのだ。安兵衛は、榎田がその金を持ってきたものと思ったのである。

「今日は、大殿よりお預かりしたものはございませぬ」

榎田は顔をこわばらせて言った。大殿というのは、隠居した重左衛門のことである。

「では、何しに来たのだ」

安兵衛は当てが外れてがっかりした。

「大殿より、安兵衛さまをお屋敷にお連れするよう仰《おお》せつかってまいりました」

「本郷の屋敷か」

長岡家の屋敷は本郷にあった。重左衛門は屋敷内の隠居所に住んでいる。

「そうです。大殿より、安兵衛さまにお話があるそうでございます」

「おれにか……」

安兵衛は急に気が重くなった。ふだんは、榎田が意見をして帰るのだが、重左衛門が直々に説教するつもりのようだ。

「すぐに、お支度のほどを」

榎田が立ち上がった。

「どうあっても行かねばならぬか」

「なりませぬ」

榎田が安兵衛を睨《にら》むように見すえて言った。

「しかたがない。行こうか」

安兵衛も腰を上げた。

「その前に、お支度を」

「支度などいらぬ。このままでいい」

「そのようなむさい姿では、大殿がお嘆きになられましょう」

榎田は、せめて、無精髭《ひげ》と月代《さかやき》だけでもあたってくれ、と哀願するように言った。

「分かった。分かった」

安兵衛は、仕方なく榎田を待たせておき、お房に月代をあたってもらい、髭は自分で剃《そ》った。

「さっぱりしたな」

安兵衛は顎《あご》を指先で撫でながら言った。

「いつも、そうしてもらいたいものですな」

そう言うと、榎田は先にたって歩きだした。

長岡家の屋敷は、加賀百万石前田家の上屋敷の南側にあった。三百石の旗本にふさわしい堅牢な長屋門である。

榎田は門扉の脇のくぐり戸から安兵衛を敷地内に入れると、式台のある玄関からは入らずに中庭のある南側にまわった。どうやら、直接重左衛門のいる隠居所へ連れていくつもりらしい。

隠居所といっても、庭に面した一棟の一部を使っているだけである。重左衛門が使っているのは来客用の書院と居間、それに寝間だけだった。

重左衛門は居間の縁先に腰を下ろしていた。納戸色の小袖を着流し、下駄履きで庭をながめている。重左衛門は還暦を越えていた。鬢《びん》や髷は白く、顔は皺《しわ》だらけで老人特有の肝斑《しみ》も浮いている。ただ、大柄で肩幅がひろく、ゆったりと腰を下ろしている姿には昔日の剛毅《ごうき》さをしのばせる威厳も残っていた。

「安兵衛か」

重左衛門が安兵衛に顔をむけた。

皺の多い顔に懐かしそうな表情が浮いたが、すぐに消え、ギョロリとした目で安兵衛を見すえ、

「ここに来い」

と、しゃがれ声で言った。

安兵衛が大刀を鞘《さや》ごと抜いて重左衛門の脇に腰を下ろすと、榎田は、茶でも用意させましょう、と言い残して奥へひっ込んだ。

「父上、息災そうでなによりでございます」

安兵衛はめずらしく慇懃《いんぎん》な物言いをした。

「挨拶《あいさつ》はよい。それより、おまえの刀を見せてみろ」

重左衛門の目には、老人とは思えない強いひかりがあった。

「刀でございますか」

安兵衛はかたわらに置いた朱鞘の大刀に目をやった。

「そうだ。見せてみろ」

「どうぞ」

安兵衛は刀を手渡した。

重左衛門は右手で柄をにぎって刀を立て、左手で鞘をにぎって抜き上げた。重左衛門は顔の前に立てた刀身をいっとき見つめていたが、

「血の痕《あと》も、刃こぼれもないようだ」

と言って、鞘に納めた。

「なぜ、拙者の刀を」

安兵衛は刀を受け取りながら訊いた。どうも、重左衛門は自堕落な安兵衛の暮らしぶりを意見するために呼んだのではないようだ。

重左衛門は安兵衛の問いには答えず、

「安兵衛、ちかごろ人を斬ったことがあるか」

と、安兵衛を見つめながら訊いた。

「ありませんが……」

どうやら、重左衛門は安兵衛の刀に人を斬った痕があるかどうか調べたらしい。

そのとき、お峰《みね》という年配の女中が茶を運んできた。お峰は安兵衛が屋敷にいるころから勤めており、安兵衛と顔を合わせると、

「安兵衛さま、お久し振りでございます」

と、懐かしそうな顔をして挨拶した。

お峰は安兵衛と話したそうな顔をしたが、重左衛門に大事な話があるので下がるように言われ、渋々と奥へもどっていった。

「安兵衛、ちかごろ浅草や本所で、辻斬りが出るそうだな」

重左衛門がいかめしい顔で訊いた。

「よく、ご存じで」

「下手人は腕のたつ牢人だと聞いておる」

「そのような噂《うわさ》もございます」

「依之助が話を聞いてきてな。おまえが下手人ではないかと懸念しておるのだ」

重左衛門が困惑したような表情を浮かべた。

「…………」

安兵衛は事情が分かった。

依之助は旗本を監察糾弾する役柄である。旗本の霧島惣四郎が殺害されたこともあって、辻斬り騒ぎを耳にしたのであろう。そして、下手人は浅草、本所界隈に出没する腕のいい牢人との噂を聞いて、安兵衛とつなげたのではないか。

依之助は心配になり重左衛門に相談したところ、それなら、わしが安兵衛を呼び付けて質《ただ》してやろう、ということになったにちがいない。

安兵衛は茶をすすった後、

「わたしが、下手人ではないかとお疑いになったわけですね」

と、不満そうな顔をして訊いた。

「そうだ」

重左衛門は、はっきりと言った。

「いくら暮らしに困っても、辻斬りなどしませんよ」

そう言うと、安兵衛は立ち上がった。重左衛門も安兵衛の刀を見て、辻斬りでないことが分かっただろう。

安兵衛が縁先から離れようとすると、

「待て」

と言って、重左衛門が呼びとめた。

「何です?」

「これを持っていけ」

そう言って、重左衛門がふところから折り畳んだ紙片を取り出した。なかに入っているのは金である。安兵衛に渡そうと用意しておいたのだ。

「かたじけのうございます」

安兵衛はうやうやしく頭を下げて紙片を手にした。その重さと膨らみからみて、五両はありそうだった。本郷まで来た甲斐があったのである。

「父上のご配慮で、安兵衛、悪の道に染まらず、真っ当に生きております」

安兵衛は歯の浮くような物言いをしたが、重左衛門は満足したらしく、いかめしい顔をしてうなずいた。

安兵衛が中庭を出ると、後ろから榎田が追ってきた。

「や、安兵衛さま、お待ちを」

「まだ、何か用か」

安兵衛は足をとめた。

「安兵衛さま、大殿がその金子《きんす》をご用意するのに、どれだけご苦労なさったか。……浪費はなりませぬぞ。それに、武家らしからぬ暮らしぶりは、何とか改めいただきませんと」

榎田は安兵衛に身を寄せて、くだくだと意見を言った。

安兵衛は逃げるように足を速めた。榎田のいつもの意見は聞き飽きていたのだ。それにもう、金はせしめていた。

「分かった、分かった」

五

「このまま、見ているわけにはいかぬぞ」

安兵衛が言った。

玄次、笑月斎、又八の三人が目を合わせてうなずいた。

笹川のちかくにある藪平《やぶへい》というそば屋の座敷だった。安兵衛はふところが暖かったこともあり、浅草寺の境内で商売をしていた玄次たちに声をかけたのである。又八は笹川に居合わせたので、連れてきたのだ。

このところ、一段と浅草寺界隈の料理屋や料理茶屋などの客足が減っていた。このままでは、笹川の経営もたちゆかなくなる。

それに、安兵衛は父親の重左衛門の話から、辻斬りの話が幕臣の間にもひろまっていることを知った。そうした噂は幕閣にも伝わり、町奉行所と火附盗賊改には大きな圧力となるはずだった。町奉行所と火附盗賊改は、何とか下手人を捕らえようとして、さらに強引な手を使うだろう。安兵衛も笑月斎もうかうかしていられないのだ。

「何か、手掛かりはないか」

安兵衛が訊いた。

「それらしいのが、なかなか浮かんでこねえんで」

玄次が抑揚のない声で言った。

玄次によると、浅草から本所、深川と手をひろげて探索しているが、下手人らしい男はつかめないという。

「よほど、うまく隠れているんだな」

町方や火盗改も総力を上げて探索しているはずだったが、まだ、下手人らしい男を捕縛したという噂は聞こえてこない。

「ふたりだけじゃァなく、頭がいて束ねてるのかもしれませんぜ」

そう言ったが、玄次は自信なさそうだった。まだ、推測の域を出ないのだろう。

「何か手を打たんとな。わしも、いつまでも玄次の世話になっているわけにはいかんからな」

笑月斎が髷に手をやって言った。総髪を切り、町人ふうに髷を結っている。格好も着物を尻《しり》っ端折《ぱしょ》りし、黒の股引《ももひき》である。

「こうなったら、こっちから仕掛けるしかないか」

安兵衛が酒の入った猪口《ちょく》を手にして言った。

「仕掛けるって、何をやるんです」

又八が訊いた。顔が赭《あか》黒く染まっていた。酒のせいらしい。

「辻斬りをおびき出そう」

「おびき出す?」

又八が目を剝いた。

「そうだ。だれかが大店《おおだな》の旦那ふうに化けて、大川端を歩くんだ。それを、おれたちが尾けて辻斬りがあらわれたところを押さえる」

「うまく、あらわれますかね」

又八が訝《いぶか》しそうな顔をした。

「辻斬りも、これで終りということはあるまい。かならず、姿をあらわすはずだ」

「それで、だれが大店の旦那に化けるんです」

又八が訊くと、安兵衛は笑月斎に目をむけ、

「おぬししか、おらんな。ちょうどいいではないか。絽《ろ》羽織を羽織り洒落《しゃれ》た角帯でも締めれば、どこから見ても大店のあるじだぞ」

そう言って、銚子で笑月斎の猪口に酒をついでやった。

「いいだろう。せっかく結った髷だ。辻斬りをおびき寄せる囮《おとり》になってやるよ」

笑月斎は苦笑いを浮かべて言った。

翌夕、笑月斎が笹川にあらわれた。安兵衛がお房に事情を話し、お房の先夫、米次郎の着用した絽羽織と着物などを借りることになっていたのだ。それを笑月斎が着て大店の旦那ふうに装い、大川端を歩くのである。

奥の座敷で着替えてきた笑月斎の姿を見て、

「似合うではないか」

安兵衛が笑いながら言った。

恰幅《かっぷく》がいいので、縞《しま》柄の小袖と絽羽織がよく似合った。いかにも大店の旦那といった感じがする。

「まずは、笹川で飲んだことにし、五ツ（午後八時）ごろ出よう」

これまで、辻斬りに斬られた者は浅草寺界隈で飲み、大川端を歩いているとき襲われていた。安兵衛は同じようにやってみようと思ったのである。

辺りが夜陰につつまれたころ、玄次が姿をあらわした。玄次も手を貸すことになっていたのだ。

安兵衛たち三人は笹川で飲み、五ツすこし前に笹川を出た。さすがに、三人とも酔うほどは飲んでいない。

「おれたちは、後ろからいく」

安兵衛と玄次が、笑月斎の半町ほど後ろについた。安兵衛は梅吉から黒の半纏《はんてん》を借りて羽織っている。刀は二振り莫蓙《ござ》にくるんで小脇にかかえていた。一振りは笑月斎のものである。玄次も安兵衛と同じように黒っぽい身装をしていたので、ふたりの姿は夜陰に溶けていた。

蒸し暑い夜だった。まだ、大気のなかに日中の暑熱が残っていて、歩いていると汗ばんでくる。

笑月斎は駒形堂の裏手から大川端へ出て、吾妻橋の方へむかった。まず、殺された大増屋久兵衛と同じ道筋をたどってみることにしたのである。

大川の川開きも過ぎ、川面は涼み船で賑《にぎ》わっていた。提灯《ちょうちん》で華やかに飾った屋形船や屋根船が行き交い、物売りのうろうろ舟が涼み船の間をぬっていた。ときおり花火が夜空を染め、橋上や船の涼み客から歓声があがる。

大川端の通りにも浴衣姿の娘や団扇《うちわ》を手にした若者などが行き来していた。

「これじゃァ、辻斬りも出ねえな」

安兵衛は伝法な物言いで、玄次に声をかけた。安兵衛は笹川に居候するようになってから町人言葉を遣うことが多くなったのだ。むろん、相手によって遣い分けている。

「川向こうは寂しくなりやす。徳右衛門と常吉が殺られたのも川向こうですぜ」

玄次が小声で言った。

「そうだな」

安兵衛も辻斬りがあらわれるなら、本所へ出てからだろうと思った。

笑月斎は吾妻橋を渡って本所へ出ると、大川端を川下にむかって歩きだした。安兵衛と玄次は半町ほど間を取ってついていく。

本所の川筋は寂しかった。ときおり、涼み客や辻君らしき女などが通ったが、人影はすくなく、ひっそりとしていた。汀《みぎわ》に寄せる川波の音が大きく聞こえ、闇も濃くなったような気がした。

笑月斎は川沿いの道を両国橋までたどったが、辻斬りはあらわれなかった。

両国橋を渡った西の橋詰めで笑月斎が待っていた。両国広小路は大勢の人出で賑わう場所だが、さすがにこの時間になると人影はまばらである。

「無駄骨だったな」

笑月斎ががっかりしたような口調で言った。

「まァ、気長にやるさ。辻斬りにだって都合があるだろうよ」

ともかく、何日かつづけてみよう、と安兵衛は思った。

翌日、陽が沈み辺りが夜陰につつまれるころ、笑月斎は深川の材木問屋の主人という触れ込みで、西仲町の花房屋へ出かけた。花房屋は久兵衛が殺される前、飲んだ店である。

笑月斎は、五ツ半（午後九時）ごろ、店の者に川風で酔いを覚ましたいと言って、駕籠は呼ばずに、ひとりで店を出た。

昨夜と同じように笑月斎は大川端へ出て、吾妻橋へむかった。半町ほど後ろを安兵衛と玄次がつけていく。

弦月が出ていた。川端の道筋が月光に白く浮き上がったように見えている。今夜は、昨夜とちがって心地好い川風が吹いていた。

六

笑月斎は吾妻橋を渡って竹町へ出た。昨夜より遅いせいか道筋は寂しく、人影はほとんどなかった。

安兵衛と玄次は川端の樹陰や町家の軒下闇などをたどりながら、笑月斎の後を追った。月明りで、ふたりの姿が闇に隠れなかったからである。

竹町の渡し場の前を通り、北本町へ入ってしばらく歩いたときだった。ふいに、川端の柳の樹陰から人影があらわれ、笑月斎の前方に立った。

羽織袴《はかま》姿で二刀を帯びていた。武士である。黒布で頰っかむりしていた。高い鼻梁《びりよう》が月光に刃物の先のようにとがって見えた。

異様な殺気が身辺をおおっていた。

「あらわれおったな」

笑月斎は後じさった。背後にいる安兵衛たちが気付いて、駆け付けてくれるはずである。

前に立ちふさがった武士は、ゆっくりとした足取りで近寄ってきた。笑月斎は怯《おび》えたふりをして、さらに後じさった。

安兵衛は走った。駆け付ける前に笑月斎が斬られては、何にもならない。玄次が後につづく。

「旦那、後ろからも来やがった!」

背後の玄次が声を上げた。

「かまうな!」

安兵衛は、ともかく笑月斎を助けねば、と思った。それに、玄次の後ろから聞こえる足音はひとりである。三人いっしょになれば、後《おく》れをとることはないと踏んだのである。

笑月斎に迫っていた武士は、安兵衛たちの姿に気付いたらしく足をとめた。遠目にも逡《しゅん》巡《じゅん》するような素振りが見えたが、そのまま笑月斎に近寄ってきた。安兵衛たちも相手にするつもりのようだ。

……手練《てだれ》だ!

安兵衛は月光に浮かび上がった武士の姿を見て察知した。

両肩がやや下がり、腰が据わっている。笑月斎との間をつめてくる身構えにも隙《すき》がなかった。

辻斬りであろうが、人斬り特有の荒《すさ》んだ感じがなかった。兵法者《ひょうほうしゃ》のような峻厳さがある。それに、修羅場をくぐってきた者の持つ酷薄さと猛々《たけだけ》しさはなく、身辺には孤愁がただよっていた。

「相手は、おれだ!」

走り寄りざま、安兵衛が声を上げた。

武士が足をとめた。中背で痩身《そうしん》だが、首が太く胸が厚かった。鼻梁が高く、双眸が刺すようなひかりを宿している。

……こやつ、何者だ。

無頼牢人が喧嘩や人斬りで身につけた剣ではないようだ。背筋を伸ばして立っている武士の立ち居には、正統な剣法を長年修行した者が持つ威風がある。

安兵衛はすばやく手にした莫蓙から二振りの刀を出し、一振りを笑月斎に渡した。

武士の目に驚きの色が浮いた。町人体の男が刀を持っているとは思わなかったのだろう。それに、斬るつもりだった商家の旦那ふうの男にも手渡したのだ。

「うぬの名は」

安兵衛が誰何《すいか》した。

「人斬りだ」

武士はくぐもった声で言いざま抜刀した。

そのとき、玄次の後ろから別の男が走り寄ってきた。菅笠をかぶっていた尻っ端折りに股引姿で、長脇差を差している。渡世人のようである。すこし前屈みで、野犬のような迅《はや》さで疾走してくる。

安兵衛を見つめた目が、夜禽《やきん》のようにひかっていた。身辺に殺伐とした雰囲気があった。ただの渡世人ではないようだ。

……このふたりだな。

徳右衛門と常吉を殺した二人組であろう、と安兵衛は察知した。

「おめえら、ただの鼠じゃァねえな」

渡世人が低い声で言い、長脇差を抜いた。

安兵衛は答えず、

「笑月斎、町人を頼むぜ」

と言って、振り返った。

「承知した」

笑月斎は渡世人の前へ出て、抜刀した。玄次は後じさり、川岸に身を寄せた。安兵衛と笑月斎が刀をふるえるように間を取ったらしい。

「いくぜ」

安兵衛は抜刀した。

両肩の力を抜き、だらりと切っ先を下げた。青眼でも、下段でもない。ただ、刀身を下げただけの構えである。そして、ゆっくりと刀身を上げながら敵との間合をつめていく。

対峙《たいじ》した武士は青眼に構えた。腰の据わったどっしりとした構えだった。剣尖《けんせん》がピタリと安兵衛の左目につけられている。

……できる！

安兵衛は背筋を冷たい物で撫でられたような気がして身震いした。

構えはゆったりしていたが、安兵衛を竦《すく》ませるような気魄《きはく》があった。剣尖にはそのまま顔面を突いてくるような威圧があり、武士の体が遠ざかったように感じられた。剣尖の威圧で、間合を遠く見せているのだ。

だが、安兵衛は臆さなかった。剣尖を敵の目線につけると、切っ先を小刻みに上下させ、両踵《かかと》をすこし浮かせた。わずかだが、体全体が上下しているように見えるはずだ。切っ先を動かしたのは、敵に斬撃の起こりを読ませぬためである。安兵衛が実戦のなかから身につけた独特の構えであった。

「うぬの流は」

武士が訊いた。

安兵衛の構えが異様に見えたのかもしれない。

「……とんぼ剣法」

安兵衛は自分が極楽とんぼと呼ばれていることを思い出し、咄嗟に名付けたのだ。

安兵衛は長岡家に引き取られた後、父重左衛門の勧めで斎藤弥九郎の神道無念流、練兵《れんぺい》館《かん》に通って修行をした。天稟《てんぴん》があったのか、二十歳を過ぎるころには俊英と謳《うた》われるようになった。

ところが、酒に目がなく、稽古にも熱が入らなくなった。酒に酔って稽古も休みがちになり、門人たちから飲ん兵衛安兵衛などと揶揄《やゆ》されるようになった。その上、飲み屋で酔った揚げ句に無頼牢人を斬り殺して道場を破門され、長岡家からも追い出されて牢人暮らしをするようになったのである。

安兵衛の剣は、神道無念流の刀法を逸脱し、酒と喧嘩の荒んだ暮らしをとおして実戦のなかで磨いた喧嘩剣法といえた。まさに、極楽とんぼの剣法である。

「されば、とんぼを斬り落としてくれよう」

武士はくぐもった声で言うと、足裏を擦《す》るようにして間をせばめてきた。巌《いわお》で押してくるような威圧があり、安兵衛は腰が浮き上がったような感じがした。

安兵衛は剣尖に気魄を込め、敵の威圧に耐えた。

武士は一足一刀の間境の手前で寄り足をとめた。安兵衛も、かすかに切っ先を上下させたまま動きをとめている。

対峙したまま数瞬が過ぎた。

ふいに、痺《しび》れるような剣気が疾り、武士の体が膨れ上がったように見えた。

ヤアッ！

鋭い気合とともに、武士の体が飛鳥のように躍った。

刹那《せつな》、安兵衛も反応した。

稲妻のような一颯《いっさつ》が、安兵衛の肩口を襲った。武士が袈裟に斬り込んできたのである。

間髪を入れず、安兵衛は顔面を突くように武士の面へ斬り込んだ。

が、武士の斬撃の方がわずかに迅《はや》かった。

武士の切っ先が安兵衛の肩先をとらえ、安兵衛のそれは武士の頬っかむりしていた黒布を裂いただけである。

次の瞬間、ふたりは擦れ違い、大きく間を取って反転した。

ハラリ、と武士の黒布が落ちた。

一瞬、面長で顎のしゃくれた顔が月光に浮かび上がった。武士は、アッ、と声を上げ、左の袖口で顔を隠しながら後じさった。

「引け！」

武士は声を上げて、反転した。よほど顔を見られたくないようだ。

安兵衛は追わなかった。いや、追えなかったのである。安兵衛の左の肩先が裂けていた。血が流れている。このまま立ち合いをつづけて武士が二の太刀をふるっていたら、安兵衛は斬られていたはずである。武士の黒布が落ちたことで命拾いしたのだ。

「だ、旦那、怪我《けが》は」

慌てた様子で、玄次が駆け寄ってきた。

見ると、笑月斎も刀をひっ提げたまま走り寄ってきた。菅笠をかぶった渡世人も、逃げたらしく夜陰のなかに消えていく後ろ姿が見えた。

「なに、かすり傷だ」

安兵衛は刀を納め、右手で肩口を押さえながら言った。

かすり傷ではなかったが、命にかかわるような深手でもない。

「長岡、傷を見せてみろ」

笑月斎がそばに来て安兵衛の肩口を覗いた。

「だいぶ血が出ている。そこへ、屈め」

笑月斎は安兵衛を屈ませると、安兵衛の着物の肩口を裂き、ふところから手ぬぐいを出して傷口をしばった。

「まァ、大事あるまい」

「すまんな」

安兵衛は立ち上がり、武士が走り去った道の先に目をやった。

夜陰にとざされた大川端の道に人影はなかった。ひっそりとして川風の音と岸辺に寄せる川波の音だけが聞こえていた。

……このままではすむまい。

安兵衛は身震いした。ちかいうちに、走り去った武士とふたたび立ち合うときがくると思ったのである。

七

小雨が降っていた。笹川は森閑としていた。雨のせいもあるのだろうが、暮れ六ツ（午後六時）を過ぎても、客はひとりもいなかった。包丁人の峰造は、小半刻（三十分）ほど前まで板場で料理の下ごしらえをしたり煮物をしたりしていたが、いまは土間の隅の空き樽《だる》に腰をかけていた。

「旦那、酒を飲んで、傷は痛まないかい」

お房が訊いた。

安兵衛は追い込みの座敷に胡座《あぐら》をかいて、愛用の瓢《ひさご》に入れてもらった酒を飲んでいた。

「もう、治ったようなものだ」

大川端で傷を負って、七日経っていた。まだ、かすかに痛みはあったが、血はとまり、刀をふるうのにも支障はなかった。

「それにしても、暇だねえ」

お房はそう言って、溜め息をついた。

「雨のせいだろう」

そう言ったが、安兵衛は辻斬りのせいだと分かっていた。笹川だけでなく、界隈の料理屋や料理茶屋は軒並み客足がすくなくなっているのだ。

「このままだと、店をたたむことになるかもしれない」

お房は力なく言った。顔には諦《あきら》めと憔悴《しょうすい》の色があった。

「辻斬り騒動さえおさまれば、客はもどるだろう」

安兵衛は、お房とお満のためにも何とか辻斬りを始末したいと思った。

それから、小半刻（三十分）ほどして、三人連れの客が店に入ってきた。近所の瀬戸物屋の主人とその取引先らしかった。

三人の客は常連ではなかったが、お房はつきっきりでもてなした。結局、その夜の客は三人だけだった。

翌朝、陽がだいぶ高くなってから、笹川に又八が飛び込んできた。走りづめで来たらしく顔が赤く染まり、荒い息を吐いていた。

安兵衛は朝飯を終え、追い込みの座敷でお房に淹《い》れてもらった茶を飲んでいた。

「どうした、又八」

「だ、旦那、また出やがった！」

又八が目を剝いて言った。

「何が、出たのだ」

「辻斬りで」

「なに、だれが殺られたのだ」

安兵衛は虚を衝かれたような気がした。昨夜は雨だった。今夜だけは辻斬りも出ないだろう、と思っていたのだ。

「佐久間町の大工の棟梁、甚兵衛《じんべえ》らしいんで」

「丸甚《まるじん》の棟梁か」

神田佐久間町に住む大工の棟梁、甚兵衛は丸に甚の字の印半纏を着ていることから丸甚と呼ばれていた。甚兵衛は大勢の大工を使い、武家屋敷から大店の店舗まで請け負う。神田、浅草界隈では名の知れた棟梁だった。

「へい」

「場所は」

「新橋《あたらしばし》の手前の神田川沿いで」

新橋は神田川にかかる橋である。おそらく、甚兵衛は自分の家へ帰る途中、辻斬りに襲われたのだろう。

「行くぞ」

安兵衛は朱鞘の大刀を腰に差して戸口から飛び出した。

道々、又八が話したことによると、日本橋の魚河岸へ行く途中、神田川沿いの道まで行ったところで、知り合いのぼてふりに辻斬りのことを聞いたという。

「それで、新橋ちかくまで行ってみると、通りすがりの野次馬と町方が集まっていやした」

又八は、北町奉行所の倉持と伝蔵の姿もあったと言い添えた。

神田川の土手際に人だかりがしていた。通りすがりのぼてふり、職人、店者《たなもの》、それに近所に住む女房、子供などが集まっている。その人垣のなかほどに、倉持と伝蔵の姿があった。他にも岡っ引きらしき男が数人、立っていた。まだ、火盗改の戸川は来ていないようである。

倉持の脇に辻駕籠が転がっていた。

……駕籠か。

甚兵衛は駕籠で帰る途中、辻斬りに襲われたようだ。

安兵衛と又八は、人垣を分けて前へ出た。殺された甚兵衛は倉持の前の叢《くさむら》に横たわっているらしい。

人垣が揺れて、ざわついたのに気付いたらしく、倉持が振り返った。安兵衛と目が合うと倉持は不機嫌そうに顔をゆがめたが、何も言わず、足元の死体に目を落とした。

死体は二体あった。倉持の足元に羽織姿の男がつっ伏し、二間ほど離れた土手の斜面に半裸で褌姿《ふんどしすがた》の男が仰向けに倒れていた。

おそらく、羽織姿の男が甚兵衛で、半裸の男が駕籠かきであろう。駕籠かきはふたりなので、ひとりは辻斬りに襲われたとき、逃げたのかもしれない。

羽織姿の男は肩口から脇腹にかけて、斬られていた。納戸色の羽織が斜に裂け、どす黒い血に染まっている。

袈裟に一太刀である。尋常な遣い手ではない。

……やつだな。

　安兵衛は、大川端で立ち合った武士の手にかかったにちがいないと思った。もうひとり、半裸の男は胸を刺されていた。長脇差で突かれたのであろう。男を殺ったのは、安兵衛たちを襲った渡世人にちがいない。

　しばらく、その場に立っていると、野次馬たちの会話が耳にとどき、駕籠かきのひとりが逃げたこと、羽織姿の男が甚兵衛で、財布を奪われていることなどが知れた。やはり、金目当てで襲ったようだ。

　それから半刻（三十分）ほどして人垣が割れ、戸川があらわれた。憮然とした顔で倉持のそばに歩み寄り、耳元で何かつぶやいた。

　すると、倉持は苦笑いを浮かべて、後ろへ下がった。戸川が、場所をあけてくれ、とでも言ったのだろう。

「又八、笹川へもどろう」

　安兵衛が小声で言った。これ以上、人垣のなかにいても無駄だと思ったのである。

第三章　囮《おとり》

一

玄次はつつじの植え込みの陰にいた。吉膳《よしぜん》という浅草でも名の知れた料理茶屋の玄関先である。店は表通りからすこし入ったところにあり、入口の格子戸の脇に籬《まがき》と植え込みがあった。玄次は、その植え込みの陰に身をひそめていたのである。

吉膳は浅草寺、雷門の前の茶屋町にあった。通り沿いに、料理屋、料理茶屋、なら茶漬けを出す茶屋などが軒を連ねている繁華街である。

日中ならすぐ見つかるような場所だが、いまは夜陰につつまれ、声さえ出さなければ気付かれる恐れはない。それに、玄次の姿は闇《やみ》に溶けていた。黒の半纏《はんてん》に黒股引、顔を黒布で隠していたのである。

　ここ三日ほど、玄次は夜になると、この場に身をひそめて店を出る客に目をむけていた。裕富そうな客の跡を尾けて辻斬りが出るのを待ち、塒《ねぐら》をつきとめるつもりだった。危ない手である。玄次は辻斬り一味の手掛かりが得られず、危険を冒しても辻斬りの尻尾がつかみたかったのである。

　神田川沿いで、棟梁の甚兵衛と駕籠かきが辻斬りに殺されて十日経っていた。ふたりが殺された後、玄次は駕籠かきや丸甚に出入りしている大工などから聞き込み、甚兵衛が浅草の吉膳で飲んだ帰りに襲われたことが分かった。その夜、甚兵衛は八十両もの大金を持っていたという。吉膳で、普請を依頼された油問屋の主人から受け取った手付け金だそうである。

　その話を聞いた玄次は、

……できすぎてるぜ。

と思った。辻斬りはいずれも大金を持った者ばかりを襲っているのだ。久兵衛が八十両、霧島が三十余両、徳右衛門が四十数両、甚兵衛が八十両である。それに、それだけではなかった。殺された四人とも、浅草の料理屋や料理茶屋で飲んだ帰りに襲われているのだ。

　当初、辻斬りは狙いをつけた者たちの身装《みなり》から金持ちと判断したのではないかとみていた。だが、そうではなかった。甚兵衛は駕籠で帰る途中、襲われていたのだ。駕籠のなかの甚兵衛の姿は辻斬りに見えないはずなのだ。

……だれかが、手引きしているのかもしれねえ。

と、玄次は思った。浅草の料理屋や料理茶屋に、辻斬りとつながっている者がいるのかもしれない。

玄次は吉膳に狙《ねら》いをつけた。それというのも、甚兵衛だけでなく、霧島も吉膳で酒を飲んだ後、狙われたことが分かったからである。

吉膳は富裕な客が多かった。大店《おおだな》の主人や大身の旗本、それに大名の留守居役なども利用していた。辻斬り騒動で、ふだんよりだいぶ客足は減ったようだが、それでも陽が沈むと、ふたり、三人と店に入っていく。

客だけでなく、置屋から呼ばれた芸者や三味線箱を持った箱屋などが頻繁に出入りしていた。

辺りは深い闇につつまれていた。五ツ（午後八時）ごろである。玄次が吉膳の入口のそばの植え込みに身をひそめて一刻（二時間）以上経つ。

女将《おかみ》や女中に見送られて、客が帰っていく。ただ、ひとりで帰る客はほとんどいなかった。大店の主人は複数の奉公人を連れ、武家は供を連れていた。辻斬りを警戒してのことであろう。

今夜も、無駄骨かもしれねえ、と玄次が思い始めたとき、唐桟《とうざん》の単衣《ひとえ》に絽《ろ》羽織という いかにも富裕な商人といった感じの男が戸口に姿を見せた。奉公人らしい供をひとりだけ連れていた。

男は四十がらみで、恰幅《かっぷく》のいい男だった。機嫌よさそうに、見送りにきた女将に何か話しかけていた。

「なに、心配いりませんよ。店はすぐ近くだし、寅吉《とらきち》がいっしょですからね」

男は笑みを浮かべながら言った。

女将に辻斬りのことを心配されたらしい。寅吉というのは、いっしょに出てきた奉公人のようだ。二十代半ばに見えるので、手代であろうか。

「越前屋《えちぜんや》さん、お気をつけて」

女将が提灯《ちょうちん》を寅吉に手渡しながら言った。客は越前屋らしい。もっとも、玄次は越前屋が何屋で、店がどこにあるのかも知らなかった。

「女将さん、また、来ますよ」

越前屋はそう言い置いて、戸口から出ていった。

寅吉の持った提灯の灯《ひ》が、ふたりの姿をぼんやりと浮かび上がらせていた。ふたりは草履の音をさせ、玄次のひそんでいる植え込みのちかくを通り過ぎて表通りへむかっていく。

提灯の灯が遠ざかったとき、玄次はふたりの跡を尾《つ》けるつもりで植え込みの陰から出ようとした。そのとき、吉膳の玄関先に人影が見え、玄次は慌てて身を引っ込めた。

玄関先から男がひとり、急ぎ足で出て来た。箱屋か、若い衆であろう。棒縞《ぼうじま》の着物を尻《しり》っ端折《ぱしょ》りしている。三十がらみの痩《や》せた男だった。男は小走りに表通りへむかっていく。芸者を呼びにでも行くのであろう。

その男の姿が夜陰のなかに消えたとき、玄次は植え込みの陰から出て走りだした。すでに、寅吉の持った提灯の灯は見えなかった。

玄次は表通りへ出ると、提灯の灯の消えた方へ走った。雷門の前の門前通りを両国の方にむかったはずである。

一町ほど走ると、前方に提灯の灯が見えた。さらに走って、半町ほど間をつめると、黒い人影がふたつ見えた。越前屋と寅吉である。

そこは駒形町で、道は千住街道である。淡い月明りのなかに、ちらほらと人影が見えた。

ほとんど男だった。夕涼み帰りの酔客や浅草寺界隈の岡場所からの帰りであろうか。すれちがうときに、ぼそぼそとした会話や含み笑いなどが聞こえた。

……この通りに、辻斬りは出ねえだろう。

と、玄次は読んだ。

千住街道には人影があり、通りで凶行に及べば、大騒ぎになるはずである。

越前屋と寅吉は諏訪町を過ぎて黒船町へ入ると、左手の路地へ入った。これを見て、玄次は走りだした。あぶない、と思ったのである。

狭い路地ではなかったが、人影がまったくない。通りの左右には、土蔵造りの大きな店舗も目についたが、どの店も板戸をしめ洩《も》れてくる灯もなかった。町筋はひっそりと夜の帳《とばり》に沈んでいる。

玄次は表店の軒下闇をつたいながら、越前屋たちとの間をつめた。

かすかに川の流れの音が聞こえた。家並の先が大川らしい。

そのとき、前方の提灯の動きがとまった。ふたつの人影が凍りついたようにかたまっている。

玄次は夜陰に目をこらした。越前屋たちの前方にかすかに黒い人影が見えた。足音が聞こえる。だれかが、ちかづいてくるようだ。

ふいに、提灯の灯が揺れ、越前屋たちの影が動いた。逃げようと反転したらしい。だが、すぐにその動きがとまった。玄次のひそんでいる場所から五、六間ほどしか離れていない狭い路地から別の人影があらわれ、越前屋と寅吉の前方に立ちふさがったのだ。二刀を帯びていた。武士である。

……やつだ！

その姿に、玄次は見覚えがあった。

本所の大川端で安兵衛と立ち合った辻斬りである。もうひとりの人影は、笑月斎とやり合った渡世人らしい。

ふたりは、越前屋たちを挟み撃ちにするつもりで、この路地にひそんでいたようだ。

二

疾走する足音が聞こえた。人影が夜陰のなかをすべるように越前屋たちに迫っていく。渡世人である。一方、武士はゆっくりとした歩調で、越前屋たちに近付いていった。

助けて！　という甲高い声がひびいた。越前屋か寅吉の声らしい。

……殺《や》られる！

と、玄次は思ったが、その場から出られなかった。ふたりの腕は分かっていた。玄次ひとりでは、太刀打ちできない。助けるどころか、殺されにいくようなものである。玄次は表店の軒下闇のなかで、息をひそめていた。

ギャッ！　と絶叫がひびき、人影がのけぞった。

提灯が夜陰に飛んだ。寅吉が斬られたらしい。

ふいに、路傍に落ちた提灯が燃え上がった。その炎のなかに、逃げ惑う越前屋と白刃をひっ提げた武士の姿が浮かび上がった。

キラリ、と刀身がひかった。

刹那、絶叫がひびき、越前屋がよろめいた。越前屋はたたらを踏むように数歩泳ぎ、くずれるように倒れた。

急に炎が弱まり、夜陰が武士や倒れた越前屋の姿をつつんでいく。

黒い幕を下ろしたように路地は闇にとざされたが、淡い月明りのなかに、渡世人が倒れている越前屋のそばに屈み込んでいるのが識別できた。ふところを漁《あさ》っているにちがいない。

「たんまり、持ってやしたぜ」

と、笑いを含んだ渡世人の声が聞こえた。

そして、ふたりは足早に大川端にむかって歩きだした。

玄次は軒下闇をつたいながら、ふたりの跡を尾け始めた。何とかして、ふたりの塒をつきとめたかった。

武士と渡世人は、表通りを歩いていく。いっとき歩くと、通りは狭くなり小体《こてい》な店や表長屋などが多くなった。大川の流れの音はしだいに大きくなり、家並の間から黒ずんだ川面が見えてきた。

ふたりは大川端へ出た。月明りのなかに、川面に浮かぶ屋根船や猪牙《ちょき》舟の船影がいくつか見えたが、辺りはひっそりしていた。町木戸のしまる四ツ（午後十時）ごろであろうか。涼み客も帰ったらしく、大川端に人影はなかった。

ふたりは川上の方へむかって歩いていく。

しばらく歩いたとき、前方の川岸に人影が見えた。町人体である。尻っ端折りした棒縞の着物の裾《すそ》から二本の足が、月光に白く浮き上がったように見えていた。ふたりが近付くと、町人体の男が歩を寄せてきた。どうやら、ふたりを待っていたらしい。

……やつは、吉膳の！

玄次は川岸で待っていた男に見覚えがあった。越前屋たちにつづいて、吉膳の玄関先から飛び出していった三十がらみの痩せた男である。

……そうか、やつが知らせたのか。

玄次は辻斬り一味のからくりが読めた。吉膳に雇われている男が、辻斬りの手引きをしていたのだ。金を持っていそうな客が帰るのを見て、外で待っている辻斬りに教えたのである。

……手引きしたのは、やつだけじゃァねえ。

と、玄次は思った。

客の様子を知らせる役割は、ひとりではないはずだった。久兵衛は花房屋からの帰りに襲われているし、徳右衛門と常吉は笹川からの帰りである。辻斬り一味には、ふたりの斬り手の他に何人かの手引き役がいるはずだ。

ただ、笹川に辻斬りと通じている者がいるとは思えなかった。玄次は、まだ読めていないからくりがありそうだと思った。

三人は川岸にたたずみ、何か話していたが、痩せた男だけがきびすを返し、町屋のつづく路地へむかった。

武士と渡世人は、大川端を川上にむかって歩きだした。瘦せた男は吉膳にあたれば、正体が知れると思ったのである。

ふたりは材木町へ入り、吾妻橋の橋脚が目の前に見えるところまで来ると、川岸の石段を下りていった。短い石段の先がちいさな桟橋になっていた。猪牙舟が数艘舫《もや》ってある。

ふたりは一艘の猪牙舟に乗ると、渡世人が竿を取って水押《みお》しを川下へむけた。ふたりを乗せた舟は、夜陰につつまれた大川を下っていく。

玄次は石段のそばで立ち止まった。それ以上、追えなかった。ふたりの乗った舟は、深い闇に吸い込まれるように玄次の視界から消えていく。

翌日、午後になって、玄次は吉膳に足を運んだ。三十がらみの瘦せた男の正体を確かめようと思ったのである。

玄次は吉膳の裏手にまわった。店に入って訊《き》くことはできなかったので、吉膳に雇われている女中か下働きの者でもつかまえて訊いてみるつもりだった。

裏手は細い路地になっていて、道の脇に泥溝《どぶ》が流れていた。その泥溝に沿ってごてごてと板塀や裏店がつづいている。

板塀の陰にいっとき立っていると、吉膳の裏口の引き戸があいて、小柄な初老の男があらわれた。手に桶《おけ》を持っていた。なかに菜っ葉切れや魚の頭などが入っている。泥溝の脇にある芥溜《ごみた》めに捨てにきたようだ。

「ごめんよ」

玄次は初老の男に近寄って声をかけた。

「おめえさんは？」

初老の男は目をしょぼしょぼさせて訊いた。

「千次《せんじ》ってえ者《もん》だがな。ちょいと、訊きてえことがあってな」

玄次は偽名を遣い、すばやくふところから巾着《きんちゃく》を取り出して、男に一朱銀を握らせた。

男はニンマリとして、自分から稲造《いなぞう》と名乗った。

「何が訊きてえんだい」

稲造は目を細めて玄次に身を寄せてきた。袖《そで》の下がだいぶ利いたらしい。

「吉膳に三十がらみの痩せた男がいるだろう。昨夜《ゆうべ》、店から出て行くのを見かけてな。むかし、世話になったやつに横顔が似てたんで、訊いてみたのよ」

「三十がらみで痩せた男じゃァ分からねえ。うちには、若い衆と包丁人とで八人もいるからな」

「確か、昨夜は棒縞の単衣を尻っ端折りしてたな」

「ああ、それなら政吉《まさきち》だ」

「政吉……。おれの知ってるやつは政吉ってえ名じゃァなかったな。それで、政吉は吉膳で何をしてるんだ」

「若い衆だよ」

稲造によると、座敷の掃除から客や芸者の送り迎え、ときには船頭もやるという。

「吉膳には長くいるのかい」

「二年ほどになるかな」

吉膳に来る前は、柳橋で料理屋に奉公していたらしいという。

「塒は?」

「阿部川町の伝兵衛《でんべえ》長屋だと訊いてるが」

「とっつァん、助かったぜ」

それだけ聞けば十分だった。後は、自分で探し出せる。

玄次は稲造の肩をたたいて、その場を離れた。

三

……まだ、尾けてやがる。

安兵衛はうんざりした。又八とふたりで、川向こうの本所へ行った帰りだった。伝蔵の手先の三五郎が、物陰に身を隠しながら執拗《しつよう》に尾けてくるのだ。

このところ、安兵衛は大川端で立ち合った武士のことが気になっていた。武士には無頼牢人《ろうにん》のような荒《すさ》んだ雰囲気も、人斬りに快楽を感じているような狂気さもなかった。長年剣の修行を積んできた兵法者《ひょうほうしゃ》のような剽悍《ひょうかん》さと峻厳さがあった。腕もいい。安兵衛は辻斬りというより剣客の印象をもったのである。

安兵衛は何とか武士の正体を知りたいと思った。それで、又八を連れ、武士と立ち合った本所竹町へ出かけ、大川端を歩いて武士のことを聞き込んでみようと思ったのである。

安兵衛はお房に頼んで愛用の瓢《ひさご》に酒を入れてもらい、肩にかけて笹川を出た。探索しながら喉を潤そうと思ったのである。

安兵衛はしばらく歩いたところで背後から尾けてくる三五郎に気付いたが、無視して本所へむかった。

三五郎にはかまわず、安兵衛は竹町の町筋を歩いて目についた表店に立ち寄り、武士のことを訊いてみたが、役に立つような話は聞けなかった。

安兵衛は聞き込みをしている間も、ときおり背後に目をやった。三五郎は執拗に跡を尾けてきた。

その後、大川端で川風にあたりながら又八と酒を楽しみ、また吾妻橋を渡って浅草へもどってきたのである。

「又八、三五郎が尾けているのを知っているか」

安兵衛が小声で訊いた。

「へい、吾妻橋を渡ったときから」

そう言って、又八はチラッと後ろへ目をやった。

「うるさいやつだな」

「伝蔵の差し金ですぜ」

「すこし脅してやろう」

安兵衛は、又八に身を寄せて耳打ちした。

そこは材木町だった。左手は大川で、右手は道沿いに小体な表店がつづいている。安兵衛は右手の狭い路地へまがると、すぐに走りだした。又八も遅れずに跟《つ》いてくる。そして、ふたりは半町ほど走ったところにあった町家の板塀の陰へ身を隠した。

いっときすると、三五郎が慌てた様子で走ってきた。そして、安兵衛たちが隠れている板塀のちかくまで来て足をとめ、キョロキョロと周囲に目をやった。安兵衛たちに撒《ま》かれたと思ったようだ。

「おい、何を探している」

安兵衛が板塀の陰から出て、三五郎の前に立ちふさがった。又八が逃げ道をふさぐように三五郎の後ろへまわり込んだ。

「い、いえ、あっしはただ……」

三五郎は顔をしかめて口ごもった。

「これ以上、おれを尾けまわすと斬り殺すぞ。辻斬りと間違えて斬ったといえば、すむからな」

安兵衛は恫喝《どうかつ》するような声で言い、刀の柄に手を添えた。

三五郎は喉のつまったような悲鳴を洩らし、凍りついたように身を硬くした。

「お、お助けを……」

「伝蔵に言っておけ、おれを辻斬りと見るのは眼鏡ちがいだとな」

「へ、へい」

三五郎は身を顫《ふる》わせながら後じさった。

「このおれも辻斬りに襲われたのだから、まちがいない。腕のいい武士とすばしっこい渡世人ふうの男だ。それからな、辻斬りをお縄にしたかったら、料理屋から帰る金持ちの跡を尾けてみるんだな。辻斬りがあらわれるだろうよ。もっとも、いつ、斬り殺されるか分からんがな」

安兵衛が言いつのった。

三五郎は安兵衛を見つめたまま顫えている。

「失せろ」

安兵衛が声を上げると、ヒイッ、と喉のひき攣《つ》ったような声を上げ、一目散に逃げ出した。

「いくじのないやつだ」

「まったくで」

又八がもっともらしい顔をしてうなずいた。

安兵衛と又八が笹川にもどると、玄次と笑月斎が追い込みの座敷で酒を飲んでいた。

「おお、長岡、待っていたぞ」

笑月斎が手にした猪口《ちょく》をかざして、声を上げた。いくぶん酔っているらしく、声が昂《たかぶ》っている。

「半刻（一時間）ほど前から、旦那《だんな》の帰りを待ってたんですよ」

板場から出てきたお房が、安兵衛に耳打ちした。

「そうか。……お房、おれと又八の分も頼む」

他に客はいないようだった。まだ、重左衛門からもらった金があるし、今夜は笹川の客として飲もうと思った。

「ありがてえ」

又八も目尻を下げて、座敷へ上がり込んだ。

お房が運んできた酒肴の膳を前にして、いっとき四人で飲み交わした後、

「旦那に、話があって来やしたんで」

と、玄次が小声で言った。

「何だ」

「辻斬り一味のひとりが割れやした」

玄次が目をひからせて言った。

「だれだ」

安兵衛は声をひそめて訊いた。

「政吉ってやろうで」

玄次は吉膳に狙いをつけて越前屋と寅吉を尾け、ふたりが武士と町人体の辻斬りに斬殺されるのを目撃したことを話した。

「すると玄次は、越前屋長五郎《ちょうごろう》と寅吉が殺されたのを見たのか」

安兵衛は驚いたような顔をした。又八も目を剝《む》いて、玄次を見つめている。ただ、笑月斎だけは目を細めて、猪口をかたむけていた。すでに、玄次から話を聞いていたからであろう。

昨日、安兵衛と又八は、笹川に来た常七《つねしち》という大工から越前屋長五郎とその奉公人が辻斬りに殺されたことを聞いていた。常七の話によると、越前屋は黒船町にある太物《ふともの》問屋で、奉公人が十数人もいる大店だそうである。

長五郎は吉膳で得意先と商談を持ち、その帰途、自分の店のすぐ近くまでいって斬り殺されたという。

その日、長五郎は六十数両の金を持っていた。得意先から掛け売りの一部を受け取ったのである。その金は、そっくり辻斬りに奪われたそうだ。

常七が事件にくわしかったのは、自分の家が越前屋のちかくだったからである。

「政吉も、辻斬りのひとりなのか」

安兵衛が訊いた。

「それが、政吉は手引き役のようなんで」

玄次は、ふたりの辻斬りが長五郎たちを斬殺して金を奪った後、大川端で政吉と会ったことから、翌日、吉膳へ出かけて政吉の名を知ったことなどをかいつまんで話した。

「政吉の塒も分かっているのだな」

「へい、阿部川町の伝兵衛長屋で」

玄次は稲造から話を聞いた後、阿部川町へ足を運んで伝兵衛長屋に政吉がいることを確認していた。

「政吉を捕らえて、締め上げてやろう」

安兵衛が勢い込んで言った。

「いや、それは上策とは言えんぞ」

笑月斎が口をはさんだ。

「政吉が捕らえられたことを知れば、辻斬りたちは姿を消してしまうだろう。それにな、辻斬り一味は三人だけでなく、他にもいるようなんだ」

「ほかにも」

安兵衛が聞き返した。

すると、玄次が、へい、と答えて、話しだした。

「吉膳の客だけなら、手引き役は政吉ひとりかもしれやせん。ですが、花房屋や笹川からの客も殺られていやす。他にも手引き役がいると見た方がいいようなんで」

「おい、笹川には辻斬りに手引きするようなやつはおらんぞ」

安兵衛が語気を強めた。

「それは、分かっていやす。あっしらのことは、辻斬り一味に筒抜けになっておりやせんからね。ですが、徳右衛門が大金を持って笹川を出たことを知っていて、辻斬り一味に伝えたやつがいるはずなんで。花房屋からの帰りに殺られた久兵衛の件もありやす。こうやってみると、手引き役は浅草寺界隈に何人かいて、辻斬りに鴨《かも》になるやつを知らせているにちげえねえんで」

玄次は抑揚のない声で言った。

「だが、辻斬りを大勢でやるとは思えんがな」

そもそも辻斬りは、武士の単独犯が多い。大勢で徒党を組んで、辻斬りをするなどという話は聞いたことがないのだ。

そのとき、また笑月斎が口をはさんだ。

「長岡、考えてみろ。いままでの四件で、辻斬り一味は二百九十両の余を手にしているのだぞ。徒党を組んで押し込みに入るより、金を確実に手にしているではないか。しかも、家屋敷に侵入する面倒もない」

「確かにそうだ」

「一味は、これからもつづけるのではないかな」

「うむ……」

玄次や笑月斎の言うとおり、辻斬り一味はこれからもつづけるだろう。

安兵衛たち四人は、いっとき黙り込んだまま手酌で飲んでいたが、

「で、どうする？」

と、笑月斎が訊いた。

「政吉を泳がせて、一味の者を探るより他にあるまい」

安兵衛がそう言うと、

「あっしも、それがいいと思いやす」

と、玄次も同意した。

「とりあえず、今夜は飲もう」

安兵衛が声を大きくして言った。

そのとき、格子戸があいて職人ふうの男が三人入ってきた。客である。

「いらっしゃい」

板場にいたお房が声を上げ、ほっとしたような顔をして出てきた。やっと客が入ってきたのである。

四

「旦那、どうしようかねえ」

お房は安兵衛の寝た夜具を畳みながら言った。心配事があるらしく、顔がくもっている。

「何の話だ」

安兵衛は部屋の隅で寝間着を着替えていた。

五ツ（午前八時）ごろである。夏の強い陽射しで、障子が白くかがやいていた。

「この店をどうしようかと思ってね」

お房は畳に両膝をついて、安兵衛を見上げた。顔に憂慮の翳《かげ》が張りついている。

「うむ……」

安兵衛はお房が何を心配しているか知っていた。辻斬り騒動が始まってから、日に日に客足が落ち、ちかごろは夏の暑さのせいもあって、客が三、四人あればいい方でひとりも来ない日もあるのだ。このまま、笹川をつづけるのは無理である。

「笹川だけじゃァないんだよ。浅草寺界隈の似たような店は、軒並み客足が落ちてしまったらしくてね」

「そのようだな」

ふだんは賑《にぎ》やかな浅草寺の門前通りなども、夜になるとぱったりと人通りが途絶えてしまう。辻斬り騒動のせいである。

「吉膳さんは、商売がつづけられなくなり、ちかいうちに店をしめるんじゃァないかと噂《うわさ》されてるんだよ」

「吉膳がな」

吉膳は浅草だけでなく江戸中で名の知れた料理茶屋の老舗《しにせ》だった。その吉膳が店をしめるところまで追い込まれているという。無理もない。吉膳は、客の霧島惣四郎と越前屋、そして甚兵衛の、三度も辻斬りの犠牲者を出していた。富裕な客こそ、警戒して吉膳に寄り付かなくなるだろう。

「浅草の商売主にとっては、大変な痛手だな」

辻斬りは人を殺して金を奪うだけでなく、浅草の料亭や妓楼などに大きな打撃をあたえていたのである。

「この店もしめようかね」

お房が力なく言った。

「いや、もうすこし待て。辻斬りさえつかまれば、元の浅草にもどるはずだ。しばらくの辛抱だよ」

安兵衛は玄次たちとともに、政吉を尾けていた。なかなか尻尾を出さなかったが、そのうち辻斬り仲間と接触するはずである。とりあえず、ふたりの辻斬りが捕縛できれば、浅草にも客がもどってくるはずなのだ。

「旦那が、そう言ってくれるなら、もうすこし頑張ってみようかしら」

お房が安兵衛を見つめて言った。その目に、安兵衛を頼りにしているような色があった。

「それがいい。お満のためにもな」

安兵衛はそう言って、朱鞘の大刀を手にした。

笹川を出た安兵衛は、三好町の徳兵衛店に出かけた。玄次の長屋である。徳兵衛店は大川のそばにあり、ちかくに御厩河岸《おうまやがし》の渡し場があった。

玄次と笑月斎は長屋にいた。柿葺《こけらぶ》きの古い棟割り長屋である。

安兵衛が上がり框《かまち》に腰を下ろすと、

「旦那、茶を淹《い》れやしょうか」

玄次が訊いた。

「茶はいい。それより、政吉から何か知れたか」

政吉の尾行を始めて十日ほど経っていた。政吉も警戒しているのか、なかなか辻斬り仲間と接触しないようだった。

「まだ、はっきりしねえが、政吉のやつ、遊喜楼の箱屋と東仲町の桔梗屋《ききょうや》で飲んでやした」

東仲町は雷門の前の広小路に面した町で、桔梗屋は小料理屋だった。

「箱屋の名は分かるか」

「仙次郎で」

「仙次郎だと」

安兵衛は仙次郎を知っていた。ときおり、笹川にも芸者といっしょに顔を出す。それに、殺された徳右衛門が芸者のお紋を呼んだとき、いっしょに笹川へ来た男である。

……やつか！

安兵衛は、仙次郎が徳右衛門のことを辻斬りに知らせたのではないかと思った。徳右衛門が殺された夜、仙次郎も同じ座敷にいたのである。そのとき、仙次郎は徳右衛門が金を持っていることや、常吉とふたりだけで帰るつもりでいることなどを聞いたにちがいない。

「仙次郎という男も辻斬りの仲間と見ていいようだな」

笑月斎が言った。

「よし、仙次郎も尾けてみよう」

安兵衛は、おれが又八とふたりで仙次郎を尾けてみる、と言い添えた。政吉は玄次たちにまかせ、手分けして尾行するのである。

「やっと、一味の正体が見えてきたな」

安兵衛が目をひからせて言った。

「へい」

玄次がちいさくうなずいた。

「ともかく、早く辻斬り一味を始末したいものだ」

笑月斎が、頭の髷《まげ》に手をやりながら言った。

「まったくだ。長引くと、笹川も店をしめねばならなくなるからな」

そうなると、お房とお満が路頭に迷うことになるし、居候としての自分の居場所もなくなるのだ。

「わしも、だいぶご無沙汰しておるからな」

笑月斎は、照れたような顔をして壺《つぼ》を振る真似をして見せた。笑月斎は博奕《ばくち》ができないことが不満らしい。

その日の夕方、安兵衛は又八を連れて遊喜楼へ行ってみた。遊喜楼は駒形町の隣町の並木町にある老舗の置屋である。

遊喜楼は料理屋と妓楼の間にあった。戸口の脇に籬《まがき》があり、掛行灯《かけあんどん》が紅殻《べんがら》格子と籬を照らし出していた。二階の座敷から三味線の音やくぐもったような嬌声《きようせい》が聞こえ、落ち着いた佇《たたず》まいのなかにも淫靡《いんび》な雰囲気がただよっていた。

「旦那、どこに隠れやす」

又八が周囲に目をやりながら訊いた。路傍に立ったまま店先を見張るわけにもいかなかった。

「あそこはどうだ」

すこし離れていたが斜向かいにちいさな稲荷があった。祠《ほこら》の陰に屈み込めば、遊喜楼の店先が見えそうである。

「酒を持ってくればよかったな」

祠の陰にまわると、安兵衛がうらめしそうな顔をした。

「だ、旦那、酒どころじゃァねえ。蚊がいやすぜ」

又八は集まってきた蚊を手で追いながら言った。

ちかくに蚊の湧く泥溝でもあるのかもしれない。わんわん、とふたりのそばに蚊が集まってくる。

「こりゃァ駄目だ。辻斬りより手強い」

そう言って、安兵衛が祠の陰から出ようとしたときだった。

「旦那、来やしたぜ」

又八が、安兵衛の袖を引っ張った。

見ると、芸者の後ろに三味線の入った箱を持った男が店先から出てきた。顎《あご》のとがった男の顔に見覚えがあった。仙次郎である。

芸者の名は知らなかった。色白の美形である。褄《つま》を高く取り、着物の裾から赤い蹴出《けだ》しをのぞかせていた。仙次郎は表情のない顔で芸者に跟いていく。

「尾けるぞ」

安兵衛は手で蚊を追いながら通りへ出た。又八もほっとしたような顔をして祠の陰から出てきた。

安兵衛たちは仙次郎と半町ほどの距離をとって尾け始めた。

五

一町ほど尾けたときだった。安兵衛は、仙次郎たちの後ろを格子縞の着物を尻っ端折りした男が歩いているのを目にとめた。顔が見えないが、遊び人ふうだった。陰湿な翳《かげ》のある男である。

……やつも、尾けているようだ。

と、安兵衛は思った。

男は通行人の陰にまわったり、表店の軒下闇に身を隠したりしながら前をいく仙次郎との間を保ったまま歩いていく。

「又八、前をいく格子縞の男を知ってるか」

安兵衛が小声で訊いた。

「いえ、知りませんが」

又八は怪訝《けげん》な顔をした。仙次郎を尾けているとは思わなかったようだ。

いっときすると、芸者と仙次郎は西仲町の花房屋に入っていった。

「客に呼ばれたようだな」

安兵衛が路傍に立ちどまった。尾けていた格子縞の男も、表店の軒下闇のなかに立ちどまっている。仙次郎の仲間でないことは確かなようだ。

「どうしやす」

又八が安兵衛に身を寄せて訊いた。

「しばらく、出てこねえな」

宴席に呼ばれたのなら、一刻（二時間）は店から出てこないだろう。路傍に立って、待っているわけにもいかなかった。

軒下闇の男も同じことを思ったらしく、通りへ出ると、安兵衛たちのいる方へ歩いてきた。

三十半ばと思われる眉《まゆ》の太い剽悍そうな顔をした男だった。安兵衛は男に見覚えがなかった。又八も知らない男らしく、顔を見ても何も言わなかった。

男は安兵衛と又八を一瞥《いちべつ》し、そのまま通り過ぎていった。

「笹川にもどるか」

笹川はちかかった。それに、腹も減っていたのだ。

「そうしやしょう」

又八は目尻を下げた。又八も空腹だったらしい。

安兵衛と又八は笹川で腹ごしらえをし、ついでに酒も飲んで一刻ほどして花房屋の近くにもどった。

安兵衛は格子縞の男はいないか、通りの左右に目をやったが、それらしい人影はなかった。

路傍の樹陰に身を寄せてしばらく待つと、仙次郎と芸者が店先から姿をあらわした。安兵衛は、仙次郎が辻斬りと接触するかもしれないと思い、跡を尾けたが、だれとも会わず、ふたりは遊喜楼へ入っていった。

「無駄骨だったな」

安兵衛ががっかりしたように言った。

安兵衛と又八が笹川にもどって腹ごしらえをしていたころ、玄次は吉膳の植え込みの陰にひそんでいた。しばらくすると、吉膳の格子戸をあけて政吉が姿をあらわした。

政吉は表通りから雷門の前へ出て、吾妻橋の方へむかった。玄次は通行人や物陰に巧みに身を隠しながら政吉の跡を尾けていく。

政吉は吾妻橋まで行かず、浅草寺の東側の花川戸町へ入った。そして、北浜《きたはま》という置屋の脇にしばらく佇んでいた。

いっときすると、北浜から男衆らしい若い男が出て来た。背の高いひょろっとした男で、すこし猫背だった。男は政吉と何やら話していたが、すぐに店へもどってしまった。

政吉はいったん吉膳へ帰ったが、小半刻（三十分）ほどすると、ふたたび店から出てきて、今度は東仲町へむかい、桔梗屋に入った。

玄次は桔梗屋の店先の見える路傍の灌木《かんぼく》の陰に身を隠した。以前、桔梗屋を見張ったとき身を隠した場所である。

……また、仙次郎と会うのかもしれねえ。

玄次は執拗に張り込みをつづけた。

すでに、四ツ（午後十時）を過ぎていた。政吉は店に入ったままである。玄次が灌木の陰に身を隠して、半刻（一時間）ほど経ったときだった。見覚えのある男が、桔梗屋に入っていった。仙次郎である。

……旦那と又八はいねえようだ。

玄次は仙次郎が来た通りに目をやったが、それらしい人影はなかった。

このとき、安兵衛と又八は仙次郎の尾行をあきらめ、それぞれの塒にもどっていたのである。

それから、玄次は小半刻ほど灌木の陰にいたが、あきらめて張り込みをやめた。その夜は、そのまま三好町の長屋にもどり、翌日、花川戸町の北浜へ出かけた。政吉と会っていた男の正体をつきとめたかったのである。

北浜の裏口ちかくでしばらく待ち、出てきた女中に銭を握らせて、

「背の高いひょろっとした男で、すこし猫背だ」

と、男の体軀を口にすると、

「喜作《きさく》さんだよ」

と、女中が答えた。

女中の話によると、喜作は三年ほど前に北浜に雇われて箱屋をしているという。塒にしている長屋の名は分からないが、花川戸町にあるそうである。念のため、政吉と仙次郎のことも訊いてみたが、女中は知らないらしかった。

……政吉がたばね役なのかもしれねえ。

と、玄次は思った。

仙次郎と喜作は、芸者について料理屋や料理茶屋に出かけて客と会う。ほとんど、富裕な客であろう。そのふたりから客の様子を知らされた政吉が、辻斬りに繋《つな》ぐのである。

浅草で名の知れた置屋は遊喜楼と北浜だけだった。その二店の箱屋と繋がっていれば、浅草の高級料亭を利用する富裕な客の様子は知れるはずだ。吉膳の客については、政吉自身で探って辻斬りに知らせていたのだろう。

……辻斬りが狙う相手は、政吉をとおして知らされていたようだ。

玄次は辻斬り一味の全容がおぼろげながら見えてきたような気がした。

その日、玄次は安兵衛に会って、探ったことを話すと、

「そういう仕組みかい」

安兵衛は、目をひからせてうなずいた。

ただ、いっときすると安兵衛の顔に腑《ふ》に落ちないような表情が浮かび、

「だが、辻斬りの武士と政吉たちは、どこで結びついたのかな」

そう言って、首をひねった。

武士には剣客らしい峻厳な雰囲気があり、剣にも威風があった。安兵衛には、武士がやくざ者と縁のあるような無頼牢人とは思えなかったのだ。

六

「旦那、出て来やしたぜ」

又八が安兵衛の耳元でささやいた。

ふたりは、小半刻（三十分）ほど前から稲荷の祠の陰から遊喜楼を見張っていた。六ツ半（午後七時）ごろだった。細い月が出ていたが、辺りは深い夜陰につつまれている。今夜は風があるせいか、蚊がそれほどいなかったので、その場に身をひそめていることができたのだ。

店先から姿を見せたのは、芸者のお紋と仙次郎だった。仙次郎はいつものように三味線の入った箱をかかえ、遊喜楼の屋号の入った提灯を手にしていた。表情のない顔でお紋に跟いていく。

「尾けよう」

安兵衛は祠の陰から通りへ出た。又八も後ろにつづく。

ふたりは、一町ほど間を取ってお紋と仙次郎の跡を尾け始めた。すこし距離を置いたのは、お紋の着物姿と仙次郎の手にした提灯が目印になったからである。

「今夜は、どこの店かな」

お紋と仙次郎は雷門の前を通り、東仲町の路地を左手に入った。路地の先は西仲町だった。

「また、花房屋か」

そこは、花房屋へつづく道筋だった。

小料理屋や縄暖簾《なわのれん》を出した飲み屋などが、通りに灯《ひ》を落としていた。ときおり酔客や辻君らしい女が通りかかる。

「おい、様子がおかしいぞ」

安兵衛が声を殺して言った。

お紋と仙次郎が立ち止まっていた。いつまわり込んだのか、仙次郎の背後に町人体の男がひとり立っている。よく見えなかったが、仙次郎の前にも人影があった。

「行ってみよう」

安兵衛は足音をたてないように走った。又八が後につづく。

……あの男だ！

安兵衛は仙次郎の背後に立っている男に見覚えがあった。以前、仙次郎の跡を尾けていた眉の太い剽悍そうな面構えをした男である。

……前にいるのは、戸川だ！

火盗改《かとうあらため》の戸川伝八郎である。

安兵衛は慌てて表店の軒下に身を寄せた。又八も戸川の姿に気付いたらしく、軒下に張り付くようにして身を隠した。

安兵衛はすぐに状況を察知した。眉の太い男は戸川の手先にちがいない。男は安兵衛たちと同様、仙次郎が辻斬りとかかわりがあると睨《にら》んで尾けていたのだ。

どうやら、戸川は仙次郎を捕縛する気でいるようだ。

……まずい。

と、安兵衛は思った。

いま、仙次郎をお縄にしたら、肝心の辻斬りふたりも政吉も姿をくらましてしまうだろう。

ふいに、仙次郎が手にした提灯を投げて反転した。逃げようとしたらしい。だが、仙次郎の肩口へ眉の太い男が飛び付き、地面に押し倒した。仙次郎と男は折り重なって揉《も》み合っていた。怒号と呻《うめ》き声が聞こえた。

お紋が甲高い悲鳴を上げて、後じさった。いっときすると、仙次郎は男に押さえ付けられ早縄をかけられた。それで観念したらしく、仙次郎は立ち上がって萎《しお》れたように肩を落とした。

戸川は泣き出したお紋にはかまわず、仙次郎を引っ立てていく。

安兵衛は追っていた獲物を目の前で横取りされたような気がしたが、どうにもならない。路傍につっ立ったまま安兵衛は遠ざかっていく戸川たちに目をやっていたが、その後ろ姿が夜陰に消えると、泣いているお紋に近付いた。

「お紋さん、どうしたい」

安兵衛は、偶然通りかかったような振りをして声をかけた。

「だ、旦那、仙次郎さんが、御用聞きらしい男に連れていかれて……」

お紋は涙声で言った。お紋は、仙次郎を捕縛した男が火盗改であることを知らないようだ。

「何かのまちがいだろうよ。ところで、お紋さんはどこへ行くところだったのだ」

安兵衛がおだやかな声で訊いた。

「花房屋さんに」

お紋の涙はとまっていた。

「そうかい。ひとりじゃァ心細いだろう。おれがいっしょに行ってやるぜ」

そう言って、安兵衛は路傍に落ちていた三味線の入った箱をかかえ上げた。

「まァ、旦那が」

お紋は嬉しそうな顔をした。

安兵衛は箱をかかえ、箱屋のような顔をしてお紋に跟いていった。

「まったく、極楽の旦那は女に甘《あめ》えんだからよ」

又八が安兵衛の後ろを歩きながら愚痴った。

七

仙次郎が戸川に捕らえられて半月ほど過ぎた。この間、辻斬り一味はひとりも捕らえられなかったし、江戸から逃走した様子もなかった。ただ、政吉が吉膳から姿を消し、その後の行方が分からなくなっただけである。

この日、安兵衛は、笹川の近くにある藪平にいた。いっしょにいたのは、玄次、笑月斎、又八の三人である。

四人で、いっとき酒を酌み交わした後、

「どういうことだろうな」

と、安兵衛が話を切り出した。辻斬り一味がひとりも捕縛されないことが腑に落ちなかったのである。

「仙次郎は、吐きようにも吐けなかったんでさァ」

玄次によると、仙次郎は戸川の手で拷問にかけられたはずだという。

ところが、仙次郎は辻斬りの名も隠れ家も、他の仲間のことも知らず、喋《しやべ》りようがなかったのだ。ただ、政吉のことだけは知っていたので、いち早く政吉は姿を消してしまったのだろうという。

「おそらく、仙次郎は何も知らされず、芸者といっしょに料亭へ出向いたおりに金持ちの客の様子を探り、政吉に知らせてただけなんでしょう。むろん、政吉から応分の金はもらってたはずですがね」

「それで、辻斬り一味は逃げなかったわけか」

安兵衛が、つぶやくような声で言った。辻斬り一味は仙次郎が火盗改に捕縛されても、自分たちの正体が知れるとは思っていなかったのだ。

「いまも、同じ塒にいるとみていやす」

玄次が抑揚のない声で言った。

「となると、まだ辻斬りはつづくだろうな」

「手引き役の政吉が身をひそめてやすんで、しばらくは動かねえかもしれやせん。ですが、これで辻斬りから手を引くとは思えねえ」

「戸川が焦って仙次郎をひっくくったから、こんなことになったんだな」

笑月斎がいまいましそうに言った。

「だが、まだ一味をたぐる手蔓《てづる》が残っている」

安兵衛が言った。

「手蔓といいやすと」

又八が身を乗り出して訊いた。

「北浜の喜作だ」

喜作まで、戸川の手は伸びていなかった。仙次郎が自白しなかったというより、仙次郎は喜作のことも知らなかったのであろう。それだけ、辻斬り一味は慎重だったのだ。

「他にも、探る手はありやすぜ」

つづいて、玄次が言った。

「だれだ」

笑月斎が訊いた。

「だれだか分からねえが、東仲町の桔梗屋でさァ。政吉が仙次郎と会う場所に使っていた桔梗屋も、政吉とつながりがあると睨んでるんで」

玄次が目をひからせて言った。

「そういうことなら、桔梗屋の探索は玄次に頼もう。おれと、又八とで喜作を洗ってみる」

安兵衛が言った。

それから、四人は一刻（二時間）ほど飲み、最後にそばを平らげて藪平を出た。

外は満天の星空だった。夜気のなかに、かすかに秋の訪れを感じさせる冷気があった。

浅草の街はひっそりと夜陰のなかに沈んでいた。ふだんより、町全体に活気がなく暗かった。辻斬り騒動のせいである。

翌日、陽が西にかたむくと、安兵衛は又八とふたりで、花川戸町へ出かけた。北浜の喜作を探るためである。

この日、安兵衛はお房に頼んで瓢に酒を入れてもらった。北浜の近くにちいさな寺があり、その山門の辺りで酒を飲みながら見張ろうと思ったのである。

「旦那、また酒ですかい」

安兵衛が肩にかけている瓢を見て、又八が不安そうな顔をした。

「おれは酒を飲むと、頭も剣も冴えるのさ」

安兵衛は又八の不安など歯牙にもかけなかった。

ふたりは、花川戸町の林慶寺《りんけいじ》という小刹《しょうさつ》の山門の脇に腰を下ろした。その場から北浜は見えなかったが、すぐ前が北浜とつづく通りになっている。浅草の繁華街へ行くには、その通りが近いので、料亭に呼ばれた芸者はそこを通るはずだった。

安兵衛は瓢についている杯で、しばらく飲んだ後、

「又八、飲むか」

と、瓢ごと差し出した。

「いえ、あっしは遠慮しやす」

又八は首をすくめて言った。酒に酔って、尾行はできないと思っているようだ。

「では、おれが代わりに飲もう」

安兵衛はうまそうに杯をかたむけている。安兵衛の酒は底なしだった。ほとんど顔もかわらない。

暮れ六ツ（午後六時）の鐘も鳴り、辺りは濃い暮色につつまれていた。山門の前の通りには、ぽつぽつと人影があった。浅草寺への参詣客や岡場所目当ての男たちが多いようだ。ときおり、箱屋を連れた芸者も通った。北浜の芸者であろう。

「旦那、あの男かもしれねえ」

又八が通りを見ながら言った。

見ると、芸者らしい女の後ろから、背の高いひょろっとした男が三味線の入った箱をかかえて跟いていく。すこし猫背だった。玄次から聞いていた体軀の男である。

「あいつだな」

安兵衛は瓢の栓をしめて立ち上がった。

八

喜作と芸者は、花川戸町の通りを浅草寺の方へむかって歩いていく。おそらく、料亭で呼ばれたのであろう。

安兵衛たちが山門のそばから通りへ出て、一町ほど尾けたときだった。安兵衛たちの後ろから町人体の男がひとり、歩いてきた。男は政吉だった。政吉も喜作の跡を尾けていたのである。

政吉は、仙次郎が捕らえられたのは、客の様子を知らせる役に火盗改が目をつけて探ったからと見ていた。そして、仙次郎の次は喜作だと思ったのである。

政吉は火盗改の探索の様子を見て、火盗改の手先を殺すか喜作を殺して口を封じるか、どちらかにしようと思い、喜作に目をくばっていたのである。

……あの男は、笹川のとんぼ野郎だ。

政吉は、喜作を尾けている安兵衛に気付いて、そうつぶやいた。政吉は笹川に居候している安兵衛を知っていた。その安兵衛が仲間の者といっしょに、斬り手のふたりと本所の大川端でやり合ったことも聞いていたのだ。

……とんぼ野郎を先に始末した方がよさそうだ。

と、政吉は思った。

政吉はきびすを返した。今夜のうちに、安兵衛ともうひとりの男を始末しようと思ったのである。

安兵衛と又八は、背後にいた政吉に気付いていなかった。前を行く喜作に目をやりながら浅草寺の門前通りへ出た。

喜作たちは門前通りにある船越屋《ふなこしや》という料理屋に入った。船越屋は浅草で中堅どころの店である。

安兵衛と又八は路傍に足をとめた。

「旦那、どうしやす」

又八が、船越屋の店先に目をやりながら訊いた。しばらく芸者も喜作も出てこないだろうと思ったようだ。

「今夜のところは、笹川へ帰るか」

安兵衛は、喜作が辻斬り一味と接触する気配はなく、尾けまわしても無駄骨だと思ったのである。

「そうしやしょう」

又八がきびすを返した。

「明日から交替で見張るか」

安兵衛が歩きながら訊いた。ふたりで、喜作を尾行することもないと思ったのだ。

「しばらく、あっしがあいつを見張って、何かあったら旦那に知らせやすよ」

そう言って、又八が船越屋の方を振り返った。

ふいに、又八の足がとまった。

「旦那、やつだ！」

又八が声を殺して言った。

見ると、喜作が船越屋から出てくるところだった。いっしょに来た芸者の姿はない。芸者と座敷まで同行し、喜作だけ北浜にもどるのだろうか。

「尾けるぞ」

安兵衛は反転した。

喜作は客が金持ちと踏んで辻斬りに連絡するために船越屋を出たのではないか。となれば、喜作が辻斬り一味と接触する可能性が高くなる。

　喜作は足早に浅草寺の門前通りを花川戸町の方へむかっていく。安兵衛と又八は、半町ほどの間隔をとって尾けた。辺りは夜陰に染まっていたが、月明りと小料理屋や飲み屋などから洩れる灯で喜作の姿は識別できた。

　喜作が花川戸町の町筋に入ったときだった。町屋の間の狭い路地から人影が走り出てきて、喜作に身を寄せた。

　町人体で、三十がらみの痩せた男だった。

「おい、あいつは政吉ではないのか」

　安兵衛が声を殺して言うと、又八が目を剝いてうなずいた。安兵衛と又八は、政吉が三十がらみの痩せた男だと玄次から聞いていたのだ。それに、一度だけ、吉膳に入っていく姿を見ていたのでまちがいないだろう。

「辻斬り一味が動き出したようだな」

　見ると、喜作と政吉は北浜ではなく大川端の方へむかった。急いでいるらしく、町筋を小走りに過ぎていく。

　安兵衛と又八も足を速めた。政吉の隠れ家もつかみたかったし、辻斬りの正体も知りたかった。

通りの家並はしだいにまばらになり、小体な店や表長屋などが多くなり、雑草の繁茂した空地や藪などが目だつようになってきた。大川の流れの音が聞こえ、家並や灌木などの先に黒々とした川面が見えていた。波の起伏が月光を反射《はね》て淡い銀色にひかり、うねるように流れていく。

ふいに、前を行く政吉と喜作が立ちどまって振り返った。月明りに浮かび上がった政吉の顔に、白い歯が見えた。笑ったらしい。

そのとき、右手の空地の灌木の陰から黒い人影があらわれた。三人。いずれも刀を帯びていた。三人とも大刀を落とし差しにしている。牢人のようだ。

三人の牢人は、叢《くさむら》を分けて安兵衛と又八の方へ走り寄ってきた。ザザザ、と獣が叢を疾走するような音がした。男たちの双眸《そうぼう》が夜陰のなかで、狼のようにひかっている。

「だ、旦那」

又八が声を震わせて言い、安兵衛の背後に身を隠した。

「待ち伏せてやがったな」

見ると、政吉と喜作は大川端の方へむかって歩きだしていた。政吉が安兵衛たちをこの場へおびき出したのであろう。

三人の牢人は通りへ出ると、安兵衛と又八を三方から取り囲んだ。いずれも、月代《さかやき》や無精髭が伸び袴はよれよれで、荒んだ雰囲気がただよっていた。三人とも、賭場や岡場所などに巣くっている無頼牢人のようである。

安兵衛は笹藪を背にしていたので、牢人たちは正面と左右に立った。三人は殺気だった目をし、刀の柄に右手を添えて、ジリジリと間をつめてくる。政吉に金で買われたのであろう。

「又八、後ろへ下がっていろ」

安兵衛は肩にかけていた瓢を又八に手渡した。この相手に、又八は戦力にならなかった。

又八は、頭を両腕でかかえるようにして、笹藪のなかに逃げ込んだ。

「おめえら、命が惜しかったら抜かねえ方がいいぜ」

安兵衛はやくざ者のような伝法な物言いをした。

牢人たちは無言だった。両眼が炯々《けいけい》とひかり、全身に気勢がみなぎっている。

安兵衛にとっては喧嘩だった。こうした場に臨むと、安兵衛の顔が豹変《ひようへん》する。極楽とんぼと揶揄される間の抜けたような表情が消え、剣客らしい凄《すご》みのある面貌《おもて》になり、水を得た魚のように全身に活力が満ちてくるのだ。

「やれ！」

正面に立った大柄な男が胴間声《どうまごえ》で言った。どうやら、この男が三人の兄貴分のようである。

三人は、次々に抜刀した。正面の大柄な男が八相に構え、左手の小太りの男が青眼、右手の髭の濃い男が下段だった。ただ、三人とも刀身が揺れ、腰も浮いていた。剣術の腕はたいしたことはない。隙だらけの構えだが、怯《おび》えや硬さはなかった。顔にも、ふてぶてしさがある。喧嘩慣れした男たちのようだ。

安兵衛は右の袖をたくし上げて刀を抜き、八相に構えた。八相といっても、右手だけで柄を握り、八相の位置に刀をとっただけである。

神道無念流にこのような片手の構えはなかった。安兵衛が多くの喧嘩や立ち合いを通して身につけた喧嘩刀法である。

安兵衛は複数の無頼牢人を相手にした場合、構えにこだわらずに敵の動きに応じて機敏に動きまわれる片手斬りを遣うことが多かった。

「いくぜ」

安兵衛は正面の大柄な男を睨みながら、すこしずつ間をつめ始めた。大柄な男との間がつまり、一足一刀の間境にせまった。

「斬れ！」

大柄な男が甲走った声を上げた。

その瞬間、左手の小太りの男が反応した。獣の吠《ほ》えるような気合を発し、青眼から刀身を振り上げざま安兵衛の肩口に斬り込んできたのだ。

が、斬り込みに鋭さがなかった。腰が引け、腕だけ伸ばしたような斬撃である。

オオッ！　という声と同時に、安兵衛の体が躍動した。

すばやい体捌《さば》きで、左手後方に跳びざま刀身を横に払った。ギャッ！　という絶叫とともに、小太りの男の左腕が落ちた。男が刀を振り下ろした瞬間、横に払った安兵衛の斬撃が男の左腕を切断したのである。

腕の切り口から血が音をたてて流れ落ちた。男は呻き声を上げながら、左手を腹にかかえるようにして後じさった。

次の瞬間、右手にいた髭の濃い男が目をつり上げ、踏み込みざま袈裟に斬り込んできた。

安兵衛は後ろに跳んで切っ先をかわし、

「そうはいかねえ!」

一声上げて、刀身を跳ね上げた。一瞬の反応である。キーン、という甲高い金属音とともに髭の濃い男の刀身が跳ね上がり、夜陰に青火が散った。

瞬間、髭の濃い男の体が伸びて胴があいた。

「もらった!」

安兵衛のふるった一颯《いっさつ》が、男の胴を横に薙《な》いだ。

グッ、という喉のつまったような呻き声をもらし、男の上体が前にかしいだ。男はよろよろと前に歩み、足をとめると、腹を押さえたままつっ立った。恐怖で顔がひき攣《つ》っている。

「死なねえよ」

安兵衛は男の腹部を浅く裂いただけだった。殺すまでもないと思ったのと、腹を両断するような深い斬撃は、己の刀身が腹に食い込んで動きのとまる恐れがあったからである。

安兵衛が髭の濃い男の腹を払うのとほぼ同時に、大柄な男が正面から斬り込んできた。青眼から頭上へ。鋭さはなかったが、体ごとつっ込んでくるような捨て身の攻撃だった。

安兵衛には、男の斬撃をかわす間がなかった。

咄嗟《とっさ》に、安兵衛は脇へ倒れざま、刀身を斜めに払った。

敵の切っ先が、安兵衛の着物の肩口を裂いた。転倒しながら放った安兵衛の一撃は大柄な男の右の太腿をえぐっていた。

大柄な男は右足を引きずりながら後じさった。顔が驚怖にゆがみ、手にした刀身が笑うように揺れている。

「とんぼ剣法だよ」

安兵衛は立ち上がって言った。

構えも太刀捌きもない。まさに喧嘩殺法である。これが、安兵衛の剣だった。

「お、覚えてやがれ！」

大柄な男は安兵衛との間があくと、捨て台詞《ぜりふ》を残して逃げ出した。

腹を斬られた髭の濃い男と左腕を切断された小太りの男も、それぞれ傷口を押さえながらよたよたと逃げていく。

安兵衛は、敵に致命傷はあたえなかった。野良犬のような男たちだが、殺すまでもないと思ったのである。

「へん、ざまあねえや。おととい来やがれ！」

笹藪から出てきた又八が、逃げていく牢人たちに罵声を浴びせた。

「だが、政吉と喜作に逃げられちまったぞ」

安兵衛は、政吉につづいて喜作も行方をくらますのではないかと思った。そうなると、握っていた糸がまた一本切れたことになる。

第四章　剣鬼

一

「とんぼの小父ちゃん、お酌してあげる」

そう言って、お満が銚子を手にした。

笹川の布団部屋である。陽が沈むと、安兵衛はすることもなかったので、お房に酒の支度を頼み、布団部屋に来てひとりで手酌で飲んでいたのだ。料理屋だけに、酒はいつでも飲める。安兵衛が笹川に居候しているのは、酒のせいもあるのだ。

いっときすると、お満がやってきて、安兵衛の脇に尻《しり》を落として座り込んだ。お満も母親のお房が店に出ているときは、構ってくれる者がいないので安兵衛の部屋に来ることが多かった。お満にとって、安兵衛は遊び友達であり、父親でもあった。お満が二つのとき、父親の米次郎が病死してしまったので、安兵衛を男親と思うところがあったのである。

「すまんな。お満に酌をしてもらうと、酒もうまい」

安兵衛は目を細めて杯を手にした。

「小父ちゃん、お願いがあるの」

酒を注ぎ終えると、お満はひどく真剣な顔で言った。

「なんだな」

「お母ちゃんとも、遊んでやって」

お満は安兵衛を見上げて言った。丸く澄んだ目が、まっすぐ安兵衛を見つめている。

「お、お房と、遊ぶのか……」

安兵衛は声が出ず、しどろもどろになった。顔が真っ赤に染まっている。そのとき、安兵衛の脳裏に、お房との房事がよぎったのである。そして、浅ましくも、お満に、もっと母親と寝てくれ、と言われたような気がしたのだ。

「だって、お母ちゃん、このごろ、しょんぼりしてるもの」

そう言って、お満は心配そうな顔をした。

「うむ……」

しょんぼりしているのは、安兵衛との房事のせいではない。客足が遠のき、笹川をやっていけるかどうかの瀬戸際にいるからだ。

「だから、お母ちゃんと遊んでやって」

どうやら、お満も母親が苦境に立っていることを感じ取り、子供なりに母親になにかしてやりたいと純粋に思ったようだ。それが、遊んでやって、という言葉になったらしい。

安兵衛は淫《みだ》らなことを考えた己がはずかしかった。

「分かった。おれが、お房の力になってやるから心配しなくともいいぞ」

安兵衛は、本気でそう思った。

いっときすると、階下から、お満を呼ぶお房の声が聞こえた。お満は、

「小父ちゃん、また来るね」

と言い残して、部屋から出ていった。

お房は、お満を寝かせつけるのだろう。五ツ半（午後九時）ごろだった。とうに、お満の寝る時間は過ぎている。

安兵衛が手酌で飲んでいると、階段を上がってくる足音がし、お房が顔を出した。

「お満はどうした」

安兵衛が訊《き》いた。

「眠りましたよ」

「もう遅いからな」

「あたしも、たまには旦那《だんな》の相手をしようかと思ってね」

お房の声は元気がなかった。顔にも憂慮の翳《かげ》がある。

「店はいいのか」

「今夜の客はふたりだけ……。お春ちゃんが相手してくれるから」

そう言って、お房は安兵衛の脇に膝を折って、銚子を取った。

「うむ……」

安兵衛はむずかしい顔をして杯を手にした。

ふだんなら、すぐによからぬことを思い描いて、お房に酒を勧めるか、そうでなければお房の尻に手をまわすかするのだが、さすがにお房の萎《しお》れた姿を見ると、安兵衛も何もできなかった。

「お房、元気を出せ、じきに浅草にも客がもどってくる」

安兵衛は殊勝な顔をして言った。

「そうだといいんだけど……。旦那、聞いてますか、吉膳さんのこと」

「吉膳がどうかしたのか」

「いよいよ店をしめるんですって」

お房は眉宇《びう》を寄せて言った。

「客足が減って商売がつづけられなくなったわけか」

「そうらしいよ。……でも、店の買い手はついてるそうですよ」

「ほう、それで、買い手というのは？」

安兵衛はやけに早いな、と思った。

「柳橋の福田屋《ふくだや》という料理屋だそうですよ」

お房の話によると、福田屋の主人が、吉膳のような名のある老舗《しにせ》が、つぶれてしまうのは惜しい、と言って店を居抜きで買い取り、吉膳の名のままつづけていくというのだ。

「福田屋か。聞いたことのない店だが、それだけの金をどうやって都合したのだ」

つぶれかかっているとはいえ、吉膳を居抜きで買い取るとなると、生半可な金ではないだろう。

「そこまでは知らないけど、ここと違がって柳橋は景気がいいそうですよ」

お房は顔をしかめて、辻斬り騒ぎのせいで、浅草の客が柳橋へ流れたらしい、と言い添えた。

「よほど繁盛してる店のようだな」

安兵衛は、それ以上福田屋のことで訊く気はなかった。実のところ、吉膳がだれの手に渡ろうと、安兵衛にとってはどうでもいいことだった。肝心なのは、笹川である。浅草に客がもどってくるまで、何とか笹川を支えねばならないのだ。

「お房、どうにも切り盛りできなくなったら、おれに話せ。何か手を打つつもりだ」

安兵衛が重い声で言った。

隠居している父の重左衛門に泣き付くぐらいしか、金策の当てはなかった。三両、五両の金を工面するのに四苦八苦している重左衛門が、笹川のかたむいた経営を立て直すほどの金が都合できるわけがない。

安兵衛は金の工面などできないことは、自分でも分かっていたが、お房を元気付けるためにそう言ったのである。

「旦那、ありがとう」

お房は膝を寄せ、安兵衛の手を握りしめると、目に涙を浮かべた。居候の安兵衛から、思いがけず力強い言葉を聞いて、お房もグッときたのかもしれない。

安兵衛は照れたような顔をしながら、手を握られたまま凝《じっ》としていた。お房に長年連れ添った女房のような情愛を感じていた。

……しんみりしてるが、これも悪くないな。

安兵衛は、胸の内でつぶやいた。

二

桔梗屋の店先から、大工らしい身装《みなり》の男がふたり出てきた。ひとりは顎《あご》のしゃくれた長身で、もうひとりは小柄で丸顔の男だった。ふたりとも陽灼《ひや》けが肌に染み付いたような浅黒い顔をしている。

路傍の樹陰から通りへ出た玄次は足早に近付き、

「ごめんなすって」

と、ふたりに声をかけた。

暮れ六ツ（午後六時）を過ぎていた。桔梗屋のある東仲町の通りは濃い暮色に染まっていた。

玄次は、昨日から陽が沈むころになると、桔梗屋の店先の見える路傍の樹陰に来て、話の聞けそうな客が出てくるのを待っていたのである。

「なんでえ、おめえは」

顎のしゃくれた男が気色ばんで訊いた。

「玄三郎《げんざぶろう》といいやす。ちょいと、訊きたいことがありやしてね」

玄次は、すばやくふところから巾着《きんちゃく》を取り出し、小粒銀をふたりの男に握らせた。玄三郎は咄嗟《とっさ》に思いついた偽名である。

「すまねえなァ。それで、何を訊きてえんだい」

ふたりの男は、小粒銀を手にして相好をくずした。

「桔梗屋の女将《おかみ》だが、お静《しず》ってえ名じゃァねえかい」

玄次が訊いた。玄次は女将の名を知らなかったので、適当な名を口にしたのである。

「いや、お滝《たき》だぜ」

顎のしゃくれた男が答えた。

「お滝……。それじゃァ名をかえたかな。色白の年増じゃァ、ありませんか」

色白の年増は、玄次の当てずっぽうだった。ただ、小料理屋の女将といえば、たいがい色白の年増と相場が決まっているのである。

「年増だが」

「それじゃァ、やっぱり、お静かもしれねえ。……なに、昨夜、店から出て来たのを見かけやしてね。あっしのむかしの女にそっくりだったもんで」

そう言って、玄次は首をすくめ、照れたような笑いを浮かべた。

「へえ、おめえの女だったのかい」

顎のしゃくれた男は納得したような顔をして、口元に卑猥《ひわい》な笑いを浮かべた。玄次が、女将のことを訊く理由が分かったからであろう。

「それで、政吉ってえ男が店にいませんでしたか」

玄次は声をひそめて訊いた。

「政吉なら、ときどき店に顔を出すようだぜ。今日はいねえがな」

丸顔の男が口をはさんだ。

「やっぱりそうか。政吉とお静の仲はどうでした。しんねこでしたかい」

玄次には、お滝という女は政吉の情婦《いろ》ではないかとの読みがあったのである。

「しんねこだよ。……おめえ、政吉のことも知ってるのかい」

「へい、いろいろありやしてね」

玄次は曖昧《あいまい》な言い方をしたが、これだけで、ふたりの男は勝手に三人の関係を推測するだろう。むろん、玄次の作り話である。

「おめえ、政吉にお滝をとられたんだな」

顎のしゃくれた男が玄次に身を寄せて訊いた。脇で、丸顔の男が目をひからせて玄次を見つめている。ふたりとも、玄次の話に興味を持ったようだ。こうなれば、話を引き出すのは簡単である。水さえむければ男たちから話すだろう。

「まァ、あっしがお静、いや、いまはお滝か。お滝と別れたのは政吉がいたからなんで……」

玄次は肯定も否定もしなかった。

「いずれにしろ、おめえとしちゃァおもしろくねえわけだな」

顎のしゃくれた男が同情するような目で言った。

「ところで、政吉の塒《ねぐら》を知ってますかい」

玄次が声をあらためて訊いた。

「知らねえなァ」

顎のしゃくれた男は首をひねったが、脇にいたもうひとりが、

「政吉が、柳橋の料理屋にいると、お滝に話してたのを聞いたぜ」

と、口をはさんだ。

「料理屋の名は分かりますかい」

「そこまでは聞いてねえが、おめえ、政吉を探し出して女を寝取られた敵でも討つ気なのかい」

「とんでもねえ。あっしのようなやわな男じゃァ返り討ちにあいまさァ。政吉のことをあれこれ訊くのはやめやしょう」

玄次は、柳橋の料理屋を探れば、政吉の塒はつかめるだろうと思った。

「それで、政吉といっしょに侍が来ませんでしたかい」

玄次は、別のことを訊いた。

「侍だと」

顎のしゃくれた男が訝《いぶか》しそうな目をして玄次を見た。玄次の問いが、唐突だったのだろう。

「へい、あっしがお静と手を切ったのは、政吉とつるんでいる侍に脅されたからなんで」

玄次が訊きたかったのは、辻斬りの武士である。政吉との連絡のために、桔梗屋で会っていた可能性があるのだ。

「侍だけじゃァ分からねえなァ」

「痩せて、鼻の高《たけ》え男で」

玄次にも、それだけしか分からなかった。

「そういやァ、一度、政吉がそれらしい侍といっしょに桔梗屋に来たことがあるぜ」

丸顔の男が言った。

「そいつの名か、宿が分かりますかい」

「分からねえが、たしか、政吉が伊倉《いくら》と呼んでたな」

「伊倉……」

玄次は、伊倉という名に覚えはなかった。

それから、玄次は政吉と伊倉のことをさらに訊いてみたが、それ以上ふたりから探索に役立つような話は聞けなかった。

その夜、玄次は笹川に顔を出した。安兵衛なら、伊倉のことを知っているのではないかと思ったのである。

玄次から話を聞いた安兵衛は、

「どこかで聞いた名だが……」

と、つぶやいて首をひねっていたが、結局思い出せないようだった。

「それで、政吉の塒をつきとめるつもりなのか」

安兵衛が訊いた。

「へい、明日から柳橋へ行ってみようと思っていやす」

「それなら、おれも同行しよう」

安兵衛が声を大きくして言った。

三

翌日の午後、安兵衛は玄次と連れ立って柳橋に出かけた。いつものように、安兵衛はお房に頼んで瓢《ひさご》に酒を入れてもらい、肩にかけていた。

「旦那、だいぶ凌《しの》ぎやすくなりやしたね」

歩きながら、玄次が言った。

「そうだな」

まだ、陽射しは強かったが、大川を渡ってきた風のなかには秋を感じさせる冷気があった。

大川端沿いの料理屋や船宿などの建ち並ぶにぎやかな通りへ出ると、ふたりは暮れ六ツ(午後六時)の鐘の音を聞いたら柳橋のたもとにもどることを約して別れた。別々に聞き込んだ方が早いと思ったのである。

ひとりになった安兵衛は大川端を歩き、船宿の脇の桟橋にいる船頭を目にとめた。五十がらみと思える船宿の印半纏《しるしばんてん》を羽織った男が、猪牙舟《ちょき》の船底に茣蓙《ござ》を敷いている。吉原にでも送る客のための準備をしているようである。

「ちと、ものを尋ねるが」

安兵衛は通りから桟橋まで下りていって声をかけた。

「なんでございましょう」

船頭は腰を折ったまま、安兵衛の方に顔をむけ不審そうな表情を浮かべた。無理もない。貧乏牢人《ろうにん》と見える風体の男が瓢を肩にかけて、舫《もや》ってある猪牙舟のちかくまで下りてきたのだ。

「政吉という男を探してるのだがな」

安兵衛は単刀直入に訊いた。

「政吉だけじゃァ分かりませんや。この近くだけでも、政吉はふたりいやすぜ。ひとりは、爺さんで、もうひとりは十二、三の餓鬼だが」

そう言って、男は腰を伸ばした。

「三十がらみの瘦せた男だ」

安兵衛は男の乗っている舟に近寄って訊いた。

「三十がらみの瘦せた男も大勢いやすぜ」

男に悪気はないようだが、絡《から》んでくるような物言いをする。

「ちかごろ、柳橋に来た男でな。料理屋にいるはずだ」

安兵衛がそう言うと、男はいっとき口をつぐんで考え込んでいたが、

「名は知らねえが、福田屋に来た男かもしれねえ」

と、小声で言った。

「福田屋……」

安兵衛は福田屋を知っていた。お房が、吉膳を居抜きで買い取ると言っていた店である。

……政吉と福田屋は、何かかかわりがありそうだ。

と、安兵衛は思った。

政吉は、姿を消す前まで吉膳に若い衆として勤めていたのだ。その政吉が、吉膳を買い取る福田屋にいるというのだ。

「福田屋のあるじの名は？」

安兵衛が訊いた。

「室蔵《むろぞう》さんで」

「室蔵……」

安兵衛は室蔵という名に記憶はなかった。

それから、安兵衛は男に福田屋がどこにあるか聞いてから桟橋を離れた。

「この店か」

安兵衛は大川端にある料理屋の前に立った。柳橋では中堅どころと思われる二階建ての店だった。店の前は賑《にぎ》やかな通りになっていて、道沿いに船宿や小料理屋などがつづいている。人通りも多く、繁盛している店に見えた。

安兵衛はすぐに店の前を離れた。いつまでも路傍に立って見ているわけにはいかなかったのである。

陽が家並のむこうに沈み、残照を映した水面が弱々しくひかっていた。大川端の樹陰や町家の軒下などに淡い夕闇《やみ》が忍び寄っている。

そろそろ暮れ六ツ（午後六時）である。安兵衛は柳橋へもどることにした。大川端をしばらく歩くと暮れ六ツの鐘が鳴った。

柳橋のたもとで玄次が待っていた。

「玄次、どうだ、一杯やりながら」

安兵衛は、瓢を手にして言った。まだ、瓢のなかには十分酒が残っている。

「へい」

玄次が苦笑いを浮かべてうなずいた。

ふたりは、大川の岸辺の叢《くさむら》に腰を下ろした。大川は暮色に染まり、屋根船の軒下に下げた提灯《ちようちん》の灯《ひ》が川面に落ちて物悲しく揺れていた。静かだった。足元から川の流れの音だけが聞こえてくる。

ふたりは瓢の酒を酌み交わした後、

「それで、何か知れたか」

と、安兵衛が切り出した。

「政吉の隠れ家が分かりやした」

玄次は、柳橋の料理屋や料理茶屋などと取り引きしている酒屋と魚屋をまわって聞き込んだという。

「どうやら、福田屋にもぐり込んでるらしいんで」

玄次が安兵衛を見すえて言った。

「やはり、そうか。実はな、おれも、それらしい話を聞いたのだ」

安兵衛は船頭から話を聞き、福田屋を見てきたことをかいつまんで話した。

「旦那も聞いたんじゃァまちげえねえ。政吉は福田屋にいると見ていいようだ」

「そうだな」

「それに、旦那、まだはっきりしねえが、北浜の喜作も福田屋にいるようですぜ」

玄次が声を低くして言った。

「なに、喜作が」

思わず、安兵衛の声が大きくなった。安兵衛は、喜作のことまで念頭になかったのである。

「へい、政吉といっしょに猫背で背のひょろっとした男が福田屋の若い衆として働いてい
るらしいんで」

　玄次の目がうすくひかっている。

「うむ……」

　やはり、政吉たちと福田屋の室蔵は何かかかわりがあるようだ。

「旦那、福田屋のあるじのことを知ってますかい」

　玄次が訊いた。

「室蔵という名のようだが」

　安兵衛がつかんだのは、室蔵という名だけである。

「どうも、ただの料理屋のあるじじゃァねえ気がしやす」

　玄次が声を低くして言った。

「おれも、そう思う」

　安兵衛は、辻斬り一味と強いつながりがあるような気がしていた。

「あっしが、室蔵を洗ってみやしょう」

　玄次が夕闇につつまれた川面を見つめながらつぶやいた。双眸《そうぼう》がひかっている。腕利き

の岡っ引きのような鋭い目である。

四

翌日、安兵衛と玄次はふたたび柳橋へ足を運んだが、すぐに別れた。室蔵の調べは玄次にまかせ、安兵衛は辻斬りの武士の正体をつきとめるつもりだった。

武士をたぐる糸は、伊倉という名だった。安兵衛は、まず柳橋界隈で伊倉の名を出して、聞き込んでみるつもりだった。それというのも、政吉と伊倉が桔梗屋で会っていたらしいと玄次から聞き、政吉のいる周辺に伊倉も姿を見せるのではないかと思ったのである。

安兵衛は、金を持った武士が立ち寄りそうな船宿や料理屋などで聞いてみたが、まったく手掛かりは得られなかった。

……徒《いたずら》牢人《ろうにん》を探すような手では、だめかもしれん。

と、安兵衛は思った。

立ち合った武士の印象は、無頼牢人でも町人をおもしろがって試し斬りするような破廉恥漢でもなかった。峻厳な兵法者《ひょうほうしゃ》のような雰囲気があった。ただ、荒々しさや傲岸《ごうがん》さはなく、武士の身辺には孤愁が張り付いていた。そうした印象から、安兵衛は酒や女に金を費やすような男ではないと思ったのだ。

翌日から、安兵衛は剣術の町道場をまわってみようと思った。あれだけの遣い手なら、江戸の道場に通う者のなかに知己がいるはずだと踏んだのである。

安兵衛は、まず浅草にちかい外神田、下谷などの町道場をまわった。

この時代（天保年間）、あいつぐ異国船の来航や尊王攘夷論の台頭などにより幕藩体制が揺らいだこともあって諸国に尚武の気風が高まり、江戸でも剣術の町道場が乱立するようになった。

安兵衛はこのころ隆盛をみた神道無念流、一刀流、鏡新明智流《きょうしんめいちりゅう》、心形刀流《しんぎょうとうりゅう》などの道場をまわり、門弟などから話を聞いたが、伊倉という武士に対する手がかりは得られなかった。

安兵衛が剣術の町道場をまわっていたころ、玄次は福田屋の主人、室蔵の身辺を洗っていた。

まず、玄次は室蔵の顔を見てみようと思い、大川の川岸に積んである廃舟の陰から、福田屋の店先を見張った。

その場にひそんで一刻（二時間）ほどしたとき、四十半ばで、顔が大きく眉《まゆ》の濃い男が、船頭らしい男を連れて店から出てきた。

……やつだ。

玄次は、すぐに室蔵だと分かった。この場にひそむ前、近所で聞いていた室蔵の容貌《ようぼう》と一致していたのである。

室蔵と船頭は、店の脇から裏手にまわった。裏手が大川で、短い石段を下りると桟橋になっていた。数艘の猪牙舟が舫ってあり、その舟にも別の船頭がいた。どうやら、福田屋専用の桟橋らしい。贔屓《ひいき》の客を送り迎えするための舟だろう。あるいは、船宿のように客の求めに応じて吉原への送迎もやっているのかもしれない。

……この舟を使ったのかもしれねえ。

玄次が越前屋長五郎と寅吉を斬った辻斬りふたりを尾行したとき、ふたりは材木町の桟橋に舫ってあった舟を使って姿を消した。前もって、逃走用の舟をここから出して材木町の桟橋につないで置いたとすれば、あの夜、ふたりが舟で逃げたことも納得できる。

室蔵は連れてきた船頭と舟にいた船頭に何やら話していたが、すぐに自分だけ店にもどっていった。ふたりの船頭は、それぞれ別の舟を動かし、大川を下っていった。どうやら、客を迎えに行くようだ。

二艘の舟が川下へ去ったとき、玄次はその場を離れた。福田屋の店先の見える廃舟の陰にもどっていっときすると、格子戸をあけて、恰幅《かっぷく》のいい初老の男が出てきた。羽織に棒縞《ぼうじま》の小袖《こそで》、角帯に莨入《たばこい》れを差していた。商家の主人といった感じの男である。

まだ、暖簾《のれん》を出したばかりだったので、客ではなさそうだ。福田屋の取り引き先かもしれない。

……あの男に訊いてみるか。

玄次は通りへ出て、男の後を追った。

「もし、旦那」

玄次は後ろから声をかけた。

「あたしですか」

初老の男は振り返って怪訝《けげん》な顔をした。目が小さく、小鼻の張った男だった。

「へい、あっしは船頭で玄三郎といいやす」

そう言って、玄次は頭を下げた。

「わたしは三島屋《みしまや》の周兵衛《しゅうべえ》ですが、何かご用で」

三島屋というのは、柳橋にある老舗の料理屋だった。商売のことで何か話があって、福田屋を訪ねたのだろう。

「旦那が福田屋さんから出て来たのを見かけやして、お声をかけたんでさァ。ちょいと訊きたいことがありやしてね」

玄次は首をすくめながら、旦那の足をとめちゃァ申しわけねえ、歩きながらで結構なんで、と言い添えた。

「それで、何を訊きたいんです」

周兵衛は歩きだしながら言った。

「福田屋さんで、船頭に雇ってもらえねえかと思いやしてね。室蔵さんに掛け合う前に、店のことを訊いておきたいと思ったわけなんで」

「わたしは知りませんが、船頭さんは足りてるんじゃァないですかね」

周兵衛は、急につっけんどんな物言いになった。他店のことをとやかく言いたくないと思ったようだ。

「福田屋さんは金まわりがよく、浅草にも店を構えると耳にしたんですがね」

玄次は周兵衛と肩を並べて歩きながら言った。

「そんな噂《うわさ》もありますね」

周兵衛は、不機嫌そうに顔をゆがめた。同業者として、福田屋の繁盛はおもしろくないのかもしれない。

「景気のいい店らしいんで船頭ひとりぐれえ、雇ってもらえるんじゃァねえかと思いやしてね」

「さァ、どうですかね」

周兵衛は足を速めた。

「室蔵さんが、ここまで福田屋を盛り立てたんでしょうね」

玄次がそう言うと、周兵衛が急に玄次の方に顔をむけ、

「あの人は素人ですよ」

顔に怒りの色を浮かべ、何をしてるか知れたもんじゃァないですよ、と吐き捨てるように言った。どうやら、周兵衛は室蔵を嫌っているらしい。

「素人ってことはねえでしょう」

「いいえ、素人です。あの店だって、もともと室蔵さんの店じゃァないんですよ。静五郎《せいごろう》さんという人がやってた店なんです。それを、室蔵さんが借金のかたに取り上げたそうですよ」

周兵衛はせかせかと歩きながら言った。

「まさか、冗談でしょう」

玄次は、それとなく周兵衛の怒りを煽《あお》った。

「冗談ではありませんよ。それも、博奕《ばくち》の借金のかただそうですよ。室蔵という人は、深川の方で、ひそかに賭場《とば》をひらいていたそうですからね」

周兵衛は、室蔵という人と呼び方を変えていた。同業者と思われたくない気持が、そう呼ばせたのであろう。

「賭場を……」

玄次の顔がけわしくなった。

やはりただの料理屋の主人ではない。室蔵の背後には、料理屋の主人とは異なる陰湿な闇がひろがっているようだ。室蔵は辻斬りの件にもかかわっているにちがいねえ、と玄次は思った。

「玄三郎さんとやら、ご自分で福田屋に行って掛け合ってみたらどうです」

周兵衛は突き放すように言うと、その場から逃げるように足を速めた。これ以上、玄次と話したくないらしい。

玄次は足をとめて、周兵衛の後ろ姿を見送った。

……室蔵の正体をあばいてやるぜ。

玄次は目をひからせてつぶやいた。

五

安兵衛は本所番場町を歩いていた。本所に中西派一刀流の道場があると聞いて、足を運んできたのである。道場主の名は、井上源八郎《いのうえげんぱちろう》。安兵衛は井上の名だけは聞いた覚えがあった。

中西派一刀流は単に中西流ともいい、中西忠太が小野派一刀流宗家に学び、下谷練塀小路《ねりべいこうじ》に道場をひらいて広めた流派である。中西派は、面、籠手《こて》、胴などの防具を改良し、竹刀《しない》の打ち合い稽古を取り入れたことで入門者が急増し、大変な隆盛をみていた。井上は、その練塀小路にある中西派一刀流の道場で学んだ男だという。

井上道場はなかなか分からなかった。表通りにあった酒屋や米屋などに立ち寄って聞いて、やっと分かった。

ちいさな道場だった。空地や藪なども目に付く寂しい通りの一角にあった。もともとは、商家であったらしい建物に大工を入れ、道場らしく改装したようである。

それでも稽古はしているらしく、道場内から竹刀を打ち合う音や気合が聞こえてきた。

安兵衛は道場の戸口に立って、

「頼もう、どなたかおられぬか」

と、声を上げた。

いっときすると、竹刀を打ち合う音がやみ、床板を踏む音が聞こえて、若い武士がひとり姿を見せた。稽古着姿で、顔を汗がつたっていた。稽古をしていたのであろう。

「何用で、ござるか」

若い武士は、戸口に立っている安兵衛の姿を見て、顔をこわばらせた。道場破りにでも来たと思ったのであろうか。

「井上源八郎どのはおられようか」

安兵衛は口元に笑みを浮かべて訊いた。

「どなたさまで、ございますか」

若い武士の顔が、いくぶんやわらいだ。安兵衛の物言いがおだやかだったので、道場破りではないと思ったようだ。

「神道無念流の長岡安兵衛でござる」

安兵衛が名乗ると、若い武士は小首をかしげたが、

「しばし、お待ちを」

と言い残して、道場へもどった。安兵衛の名を知らなかったのだろう。

いっとき待つと、若い武士が初老の男を連れてもどってきた。中背で痩身だが、腕が太くどっしりと腰が据わっていた。双眸もするどい。いかにも剣の手練《てだれ》らしい威風が身辺にただよっている。

「拙者が、井上だが」

そう言って、井上は記憶をたどるような目をして安兵衛を見た。

「九段の練兵館で学んだ長岡でございます」

江戸で剣を学ぶ者なら安兵衛のことは知らなくとも、練兵館のことを知らぬ者はいないはずだ。

「長岡どの……。あ、あの、飲ん兵衛、いや、失礼、長岡安兵衛どの」

井上は声をつまらせて言った後、口元に苦笑いを浮かべた。どうやら、飲ん兵衛安兵衛の噂だけは聞いていたようだ。

「飲ん兵衛安兵衛で、結構でござる」

安兵衛は屈託のない顔で言った。

「それで、何用でござる」

井上が笑いを消して訊いた。

「お聞きしたいことが、ござって」

安兵衛はそう言って、井上の背後で好奇の目をむけている若い武士に目をやった。すぐに、井上は、この場では話しづらい用件と察したらしく、

「ともかく、入られよ」

と言って、安兵衛を上げてくれた。

道場内には、十人前後の門弟がいた。近隣の武家の子弟らしい。みな稽古着姿で、胴や垂《たれ》をつけていたが、竹刀を打ち合っている者はいなかった。休憩中なのか、それとも思わぬ訪問者で稽古を中断したかである。

井上と安兵衛が入って行くと、門弟たちは一様に好奇の目をむけたが、

「稽古をつづけよ」

と、井上が言うと、すぐに座り直し、籠手や面をつけだした。

井上は安兵衛を道場のつづきにある座敷に連れていった。狭いが、来訪者のための部屋らしい。

ふたりが端座すると、道場から気合、床を踏む音、竹刀を打ち合う音などが聞こえてきた。門弟たちが稽古を始めたのである。

「それで、長岡どののご用件は」

井上から話を切り出した。

「ゆえあって、伊倉どのを探しております」

安兵衛はまわりくどい言い方はしなかった。

一瞬、伊倉の名を聞いて、井上の顔がこわばったが、すぐに平静にもどり、

「伊倉泉十郎《せんじゆうろう》どのでござるか」

と、声を低くして訊いた。どうやら、伊倉のことを知っているらしい。

「いかにも」

「長岡どのは、どこで伊倉どのに会ったのでござるかな」

安兵衛を見つめた井上の目が、刺すようなひかりを帯びている。

「ゆえあって、本所のさる場所で立ち合いを所望されたが、邪魔者が入り、勝負を預けた

のでござる。いずれ、ちかいうちに立ち合うことになるのではと思い、どのような御仁なのか知りたいのでござる」

安兵衛は、辻斬りのことは口にしなかった。まだ、辻斬りが伊倉泉十郎と断定できなかったからである。

井上は、いっとき鋭い目差で虚空を見つめていたが、

「その立ち合い、避けるわけにはまいらぬか」

と、顔を安兵衛にむけて訊いた。

「まいりませぬ」

伊倉が辻斬りなら見逃すわけにはいかなかった。それに、安兵衛が手を出さなくとも、いずれ町方か火盗改《かとうあらため》の手に落ちるはずである。

「伊倉どのは手練でござるぞ」

「承知してござる」

「実は、数年前まで、この近くに伊倉どのの道場があったのでござる」

「すると、伊倉どのは道場主」

安兵衛は、伊倉の身辺に兵法者のような峻厳さがあったことを思い出した。道場主なら、

そうした雰囲気があっても不思議はない。

「いかにも。流は心形刀流。若年のころより剣一筋に生きてきた男でござって……」

井上の言葉がつまり、顔に哀れむような表情が浮いた。

六

井上によると、伊倉は牢人の子として生れたが、親が剣で身を立てさせようと神田松永町にある伊庭軍兵衛《いばぐんべえ》の心形刀流の道場に通わせたという。

伊倉は剣の資質があった上に、艱難《かんなん》辛苦の修行に耐えたことから二十歳を越えたころには、伊庭道場の俊英と謳《うた》われるようになった。

その後、伊倉は伊庭道場の身分の高い同門の合力もあって、本所石原町でつぶれた酒屋を買取り、改装して道場をひらいたという。

当初は伊庭道場の高弟だったこともあり、その名を聞いて門弟が集まったが、しだいに門弟は減っていった。

「伊倉道場から門弟が去ったのは、その稽古法にあったようでござる。ちかごろは、どこの道場でも防具を用い、竹刀による打ち合い稽古をおこなっておるが、伊倉どのはかたくなに木刀による形稽古《かたげいこ》を強いたのだ。剣の修行は、竹刀の打ち合いなどでは身につかぬ、という信念があったのであろう」

井上は視線を膝先に落としたまま話した。

安兵衛にも、伊倉道場から門弟が去った理由は分かった。木刀による形稽古は決まった形を身につけるだけで、勝負のおもしろさがないのだ。どうしても若い門弟は、勝負のおもしろさがあり、しかも己の剣の向上も自覚できる、竹刀による打ち合い稽古を求めるのである。

「数年すると、道場の経営はたちゆかなくなった。そのようなおり、妻女が病をわずらってな、道場を手放さざるをえなくなったのだ」

「それで、伊倉どのはどうされたのです」

安兵衛は話の先をうながした。

「妻女は二年ほど病んで亡くなった。その後、すぐに老父も他界してな。伊倉どのは天涯孤独の身になったのだ。……そのあたりから、伊倉どのの暮らしぶりが変わってきた」

伊倉はほとんど口にしなかった酒を飲むようになり、ときには料理屋などにも出向くようになったという。

「どうやって生計《たつき》をたてていたのです」

禄のない身で、道場がつぶれてしまえば、暮らしはたたないはずである。何かで日銭を稼いだとしても、酒を飲んだり、料理屋などに出向く余裕はないだろう。

井上は顔を曇らせ、はっきりしたことは分からぬが、と前置きしてから、

「辻斬りをしているのではないか、との噂がある」

と、声をひそめて言った。

「……！」

やはり、辻斬りは伊倉だ、と安兵衛は確信した。

「だが、伊倉どのには剣に生きてきた者の矜持《きょうじ》があるらしい。辻斬りで狙《ねら》うのは武家ばかりでな、しかも、闇討ちのようなことはせず、かならず相手に刀を抜かせてから斬るというのだ」

「あの男らしい」

安兵衛は辻斬りの身辺にただよっていた兵法者らしい峻厳さと孤愁が理解できたような気がした。

ただ、井上の話す伊倉と今度の辻斬りは多少ちがっていた。今度の場合、明らかに狙い

は金である。しかも、政吉たちのようなやくざ者と組んで、辻斬りをおこなっているのだ。おそらく、伊倉の身に何か変化が起こったのであろう。

「井上どのは、伊倉どのをよくご存じでござるが」

安兵衛が訊いた。井上は、伊倉の生い立ちから身を持ちくずしたことまでよく知っているのだ。

「いや、わしがここに道場をひらいて間もなく、伊倉どのが石原町に道場をひらいたのでな。当初は親交があったのだ。ただ、伊倉どのが道場をしめてからは、まったく行き来はなくなったがな」

井上は似たような境遇の伊倉に親近感をもっていたようだ。

「それで、伊倉どのの住居をご存じでござろうか」

安兵衛が訊いた。

「いや、知らぬ。道場をとじてから、しばらく番場町の借家に住んでいたようだが、三年ほど前にそこを出たらしい。その後の行方は、わしも知らんのだ」

そう言って、井上は視線を落とした。その顔に、濃い憂慮の翳《かげ》が張り付いていた。井上はいまでも伊倉のことを慮《おもんばか》っているようである。

安兵衛は借家の所在地を訊いてから、井上に礼を言って腰を上げた。

道場の戸口まで送ってきた井上は、

「伊倉どのは辻斬りのおりに長岡どのに出合い、立ち合いを挑んだのではござらぬのか」

と、小声で訊いた。

安兵衛は否定せず、無言でうなずいた。

「あやつ、生恥を晒《さら》さず、武士らしく果てた方がよい……」

井上がつぶやくような声で言った。その顔には、同じ道を歩いてきた者に対する深い同情と憐憫《れんびん》の表情があった。

安兵衛はちいさく頭を下げ、井上の前から離れた。

すでに暮れ六ツ（午後六時）は過ぎているらしく、番場町の町筋は暮色に染まっていた。

安兵衛は大川端へ出て川上へむかった。吾妻橋を渡って、浅草に帰るつもりだった。竹町まで来たとき、安兵衛の脳裏に伊倉と斬り合ったときのことがよぎった。

……あの男は剣鬼だ。

と、安兵衛は思った。

伊倉は必死で剣に生きようとしてきたにちがいない。だが、その一途さゆえに、暮らしがたちゆかなくなり、人を斬って金を得るしか生きる術《すべ》がなくなってしまったのだ。伊倉はそうした境遇を呪《のろ》い、己の生き様に絶望し、剣鬼となって人を斬っているのではあるまいか。

……おれは、鬼を斬らねばならぬようだ。

安兵衛は胸の内でつぶやいた。

七

店先に縄暖簾が下がっていた。小体《こてい》な飲み屋である。薄汚れた腰高障子に、福鶴《ふくつる》という屋号が書いてあった。何人か客がいるらしく、男の濁声《だみごえ》や瀬戸物の触れ合う音などが聞こえた。

……この店らしいな。

玄次は、福鶴という屋号にもう一度目をやってから障子をあけた。店のなかは薄暗かった。飯台で男が三人、酒を飲んでいた。三人とも細い股引に色褪《あ》せた半纏を羽織っていた。船頭か、川並《かわなみ》であろう。

玄次が入っていくと、男たちは話をやめていっせいに視線をむけたが、玄次がおとなしく隅の飯台のそばに置かれた空樽に腰を下ろしたのを見て、また話しだした。くぐもった声で話し、卑猥な嗤《わら》いを浮かべている者もいた。どうやら、岡場所で遊んだときのことを話題にしているらしい。

玄次が空樽に腰を下ろすとすぐ、板場から初老の男が出てきた。鬢《びん》や髷《まげ》には白髪が目立ち、顔には老人特有の肝斑《しみ》も浮いていた。面長で、狐のような細い目をしている。

「玄次じゃァねえか」

初老の男は、前垂れで濡《ぬ》れた手を拭《ふ》きながら近寄ってきた。

「蛤《はまぐり》町の、久し振りだな」

玄次は懐かしそうな目をして男を見た。

男は蛤町の昌吉《まさきち》と呼ばれていた元岡っ引きである。いまは、隠居して古女房とふたりで、福鶴という飲み屋をやっていた。

玄次は岡っ引きだったころ、昌吉といっしょに何度か下手人を追ったことがあったが、昌吉が岡っ引きをやめてからは会っていなかった。

玄次は周兵衛から、室蔵が深川でひそかに賭場をひらいていたと聞き、深川を縄張にしていた昌吉に訊けば分かるだろうと思い、訪ねてきたのである。

「それで、深川へは何の用だい」

昌吉が上目遣いに玄次を見ながら訊いた。

「まず、酒と肴《さかな》を頼まァ」

「肴は何がいい。冷奴、それに鰯《いわし》の煮付けがうめえぜ」

「それでいい」

玄次が頼むと、いま、持ってくるから待ってくれ、と言い残して、昌吉は板場にもどった。

いっときすると、昌吉は銚子と猪口《ちょく》、それに冷奴の入った小鉢と煮魚をのせた皿を盆で運んできた。

「ともかく、一杯やってくんな」

昌吉は玄次の前に腰を下ろして銚子を手にした。

猪口の酒を飲み干した後、玄次が、

「室蔵という男を知らねえか」

と、話を切り出した。

「室蔵だと……。何をした男だい」

昌吉は、室蔵と聞いただけで思い当たる男はいないようだった。

「いまは、柳橋で料理屋をひらいているが、とっつァんがお上のご用を務めていたころは、深川で賭場をひらいていたらしいんだ」

「そいつは、四十半ばで、顔のでけえ男か」

「そうだ」

「室蔵じゃァねえ。そいつは、木更津《きさらづ》の嘉四郎《かしろう》だよ」

昌吉が玄次を見つめながら言った。細い目がうすくひかっている。腕利きの岡っ引きだったころの顔である。

「木更津の嘉四郎……」

玄次は名を聞いた覚えがあったが、どんな男かは知らなかった。

「やつは、どうにもならねえ悪党だよ」

昌吉が苦々しい顔をして嘉四郎のことを話しだした。

嘉四郎は、木更津の漁師の家に生まれたことから木更津の嘉四郎と呼ばれ、当初は深川を縄張にしていた地まわりだったという。嘉四郎は残忍な上に狡猾《こうかつ》で、女を騙《だま》して岡場所へ売り飛ばしたり商家を脅したりして金を貯め込み、子分を集めて深川に賭場をひらいたそうである。

その後、嘉四郎は勢力を伸ばし、深川では顔の利く親分にのし上がったという。

「おれも、ずいぶん洗ったんだが、狡賢い野郎で、なかなか尻尾を出さねえ。何とか、賭場をつきとめて踏み込んだこともあったのだが、嘉四郎は逃げた後で、お縄にしたのは三下だけよ」

昌吉がいまいましそうに言った。

「嘉四郎は、どうして深川を出たんでえ？」

玄次が訊いた。

「深川では賭場がつづけられなくなったからだろうよ。おれもそうだが、嘉四郎は町方に目をつけられてたからな」

「それで、柳橋へ身を隠したのか」

「まァ、そうだろうな」

「ところで、福田屋のあるじは、静五郎という男だったそうだが、とっつァんは知ってるかい」

玄次があらためて訊いた。

「知ってるよ。静五郎は嘉四郎の賭場で借金を作り、店をとられたらしいんだ。噂だがな」

「その後、嘉四郎は福田屋のあるじにおさまったわけか。それにしても、博奕《ばくち》打ちに料理屋のあるじは似合わねえな」

「なに、料理屋はお品《しな》ってえ情婦《いろ》にやらせてるのよ。それにな、浅草か柳橋あたりでこっそり賭場をひらいてるかもしれねえぜ」

昌吉が声をひそめて言った。

「…………」

そうかもしれねえ、と玄次は思った。

「それによ、嘉四郎は金になることなら何でもやる男だ。おとなしく福田屋だけにおさまってる男じゃァねえよ」

「そうらしいな」

玄次は、嘉四郎が辻斬りを背後であやつっているのではないかと思っていた。

「政吉という男を知ってるかい」

玄次が訊くと、昌吉はうなずき、

「政吉は、嘉四郎の片腕だよ」

と、声を低くして言った。

「やっぱりそうか」

これで、嘉四郎と政吉のつながりがはっきりした。玄次は念のために、喜作のことを訊いたが、昌吉は知らないようだった。おそらく、喜作は嘉四郎が深川を離れてから手下になったのであろう。

「とっつァん、伊倉という侍はどうだ。嘉四郎とつながってるらしいんだがな」

玄次が声をあらためて訊いた。このとき、まだ玄次は安兵衛が井上から聞き込んだことを耳にしていなかった。

「伊倉だと……。聞いた覚えはねえが」

昌吉は首をひねった。

「おそらく牢人だ。腕が立つ」

玄次は、ちかごろ巷《ちまた》を騒がせている辻斬りかもしれねえんだ、と言い添えた。

「嘉四郎の賭場に、食いつめ牢人も出入りしてたようだが、伊倉という名を聞いた覚えはねえぜ」

昌吉ははっきりと言った。

「とっつァん、手間をとらせてすまなかったな」

それ以上、昌吉から訊くこともなかった。それに、別の客も入ってきたので、いつまでも昌吉をそばに引きとめておくわけにもいかなかったのだ。

それから、玄次は半刻（一時間）ほど飲み、すこし余分な銭を置いて福鶴を出た。

店の外に出ると、町筋は淡い夜陰につつまれていた。通りのすぐ前に掘割があり、石垣に寄せる水音が物悲しく聞こえていた。人影のすくない寂しい通りだった。玄次は迫り来る夜の闇から逃れるように足を速めた。

第五章　瀬戸《せと》の甚七《じんしち》

一

西陽が大川の水面に映じ、淡い鴇色《ときいろ》に染まっていた。風のない穏やかな夕暮れ時だった。猪牙舟《ちょき》や箱船などがゆったりと行き交っている。ただ、涼み船の船影はなく、夏場から比べるとだいぶ船影はすくなかった。

安兵衛と玄次は、笹川にちかい駒形堂の裏手の石垣に腰を下ろし、川面に目をやりながら、安兵衛の持参した瓢《ひさご》の酒をかたむけていた。

「旦那《だんな》、あっしは、木更津の嘉四郎が辻斬り一味の黒幕のような気がするんですがね」

玄次がつぶやくような声で言った。

「おれも、そう思う」

安兵衛は、玄次から話を聞き、辻斬り一味の全貌がおぼろげながら見えてきたような気がした。

嘉四郎が片腕の政吉や手下の喜作、それに辻斬り役の伊倉などを使って辻斬りをやらせていたのだろう。むろん、狙《ねら》いは金である。

ただ、分からないことも多かった。もうひとり、斬り手の渡世人の正体がつかめなかったし、伊倉のような剣に生きてきた男が、嘉四郎のようなやくざ者と結びついたわけも分からなかった。

「まだ、嘉四郎に手を出すわけにはいきませんや」

玄次は、まだ嘉四郎が一味の黒幕である証は何もないと言い添えた。

「それに、伊倉の隠れ家もつかみたいな」

安兵衛は伊倉は野放しにしておくのは危険だと思っていた。辻斬りをつづけることもあるが、安兵衛や玄次の命を狙ってくるとみていたのだ。

「もうすこし、嘉四郎や政吉の身辺を探ってみやすよ」

玄次がそう言って、手にした杯の酒を飲み干した。

「玄次、気をつけろよ。伊倉ともうひとりの辻斬りが、命を狙ってくるぞ」

「分かっていやす。旦那も、お気をつけなすって」

そう言うと、玄次は杯を安兵衛に返して腰を上げた。

安兵衛は、その場に腰を落としたまま玄次の後ろ姿を見送った。

ひとりになった安兵衛は暮色に染まった大川の景色を肴《さかな》に、瓢の酒をひとりかたむけていた。

安兵衛は川風に吹かれながら、ひとりのんびりと酒を飲むのが好きだった。生れながらの風来坊なのかもしれない。それに、日々の怠惰な暮らしや将来の不安も、こうして酒を飲んでいるとみんな忘れることができるのだ。

陽が沈み、大川端が暮色に染まってきた。川面が黒ずみ、船影もすくなくなって荒涼とした雰囲気につつまれてきた。

そのとき、川岸ちかくの町家の板塀の陰に人影があった。

町人体の男がひとり身を隠したまま、安兵衛を見つめていた。目付きの鋭い痩身の男である。政吉だった。政吉は手ぬぐいで頬っかむりして顔を隠し、安兵衛を見張っていたのだ。

時とともに、しだいに夕闇《やみ》が濃くなってきた。安兵衛は辺りが夜陰につつまれるまで飲んでいたが、瓢の酒が空になったので仕方なく重い腰を上げた。

安兵衛はそのまま笹川に帰ることにした。すこし飲み足りなかったので、帰ってから飲むつもりだった。笹川は料理屋だけあって、酒だけはいつでも飲むことができる。

一方、政吉は安兵衛が格子戸をあけて笹川に入っていくのを目にすると、きびすを返して大川端の方へもどっていった。今夜のところは、これ以上尾《つ》けまわしても無駄だと思ったのだろう。

翌日の午後、又八が笹川に顔を出した。ぼてふりで魚を売り歩いた帰りだという。安兵衛が、これまで探ったことをかいつまんで話してやると、

「旦那、そこまで分かってるんなら、嘉四郎の手下をひとりつかまえ締め上げたらどうです」

と、どんぐり眼をひからせて言った。

「その手もあるな」

町方や火盗改《かとうあらため》に捕らえられたのなら嘉四郎や辻斬りも用心して姿を消すだろうが、安兵衛たちなら反撃こそすれ、逃げ隠れすることはないだろう。

「旦那、柳橋へ行ってみやしょう。あっしも、この目で福田屋を拝んでおきてえ」

又八が意気込んで言った。

「行ってみるか」

安兵衛も、玄次だけに任せておくのは気が引けたので、場合によっては嘉四郎の手先をひとりつかまえて話を聞いてもいいと思った。

安兵衛が又八と連れ立って笹川を出ようとすると、戸口にいたお満が駆け寄って、安兵衛のたもとをつかんだ。

「とんぼの小父ちゃん、遊んで」

お満が目を剝《む》いて言った。このところずっと、お満の相手をしてやらなかった。お満にすれば、疎外されたような気がしていたのかもしれない。

「分かった。ただ、仕事でな。……陽が沈んだら帰ってくるから、そうしたら遊ぼう」

安兵衛が、お満の頭に手を置いて言うと、

「きっとだよ」

お満は口をへの字に引き結んでうなずいた。暗くなるまで、辛抱するつもりになったようだ。

「旦那、持てやすね」

又八がうす笑いを浮かべて言った。

「女に持てるのもいいが、面倒だな」

安兵衛は他人ごとのように言った。

「まったくで……」

又八は下を向いて、とんぼの旦那にゃァ、お満ちゃんがお似合いだ、と安兵衛には聞こえないように小声でつぶやいた。

安兵衛と又八は、千住街道を浅草御門の方へむかって歩いた。七ツ（午後四時）前である。陽は西にまわり、街道沿いの町家の陰が路上に伸びていた。

街道は賑《にぎ》わっていた。旅人、供連れの武士、風呂敷包みを背負った店者《たなもの》、町娘、僧侶《そうりょ》……、さまざまな身分の者たちが行き交い、砂埃《すなぼこり》が靄《もや》のように立ち込めていた。

その人混みのなかに、安兵衛たちの跡を尾ける人影があった。政吉である。

安兵衛と又八は、政吉の尾行に気付いていなかった。ふたりは茅町まで来ると、左手の路地へ入った。柳橋はその路地の先である。

安兵衛は一度福田屋を見ていたので、迷わずに福田屋のそばまで来た。

「あの店だよ」

安兵衛が料亭らしいたたずまいの二階屋を指差した。玄関先に打ち水がしてあり、暖簾《のれん》も出ていた。すでに客もいるらしく、店のなかから嬌声《きょうせい》やくぐもったような男の声などが聞こえてきた。

「旦那、どうしやす」

路傍に足をとめて又八が訊《き》いた。

「せっかくだ、しばらく見張ってみるか」

安兵衛は、嘉四郎の手先らしき男が姿を見せたら話を聞いてみてもいいと思った。

安兵衛と又八は、大川の川岸に積んである廃舟の陰に身を隠して、福田屋の玄関先に目をやった。以前、玄次が身を隠して店を見張った場所である。

半刻（一時間）ほど過ぎた。辺りは夕闇につつまれ、福田屋の戸口の脇の掛行灯《かけあんどん》にも灯《ひ》がともった。客は何人も店に入っていったが、話の聞けそうな男は姿を見せなかった。

「旦那、だれも出てきませんね」

又八が生欠伸《あくび》を噛み殺しながら言った。

「そうだな。今日のところは帰るか」

話の聞けそうな者を捕らえるのはむずかしそうだった。それに、今夜はお満との約束があった。たまには早く帰って、お満の相手をしてやろう、という気があったのである。

二

安兵衛と又八は、廃舟の陰から通りへ出て歩きだした。千住街道へ出て、笹川へ帰るつもりだった。

小料理屋や縄暖簾を出した飲み屋などのつづく路地を抜けると、通りは急に寂しくなった。表店は板戸をしめ、洩《も》れてくる灯もなくひっそりとしている。

そのとき、安兵衛は背後の足音を耳にした。ヒタヒタと近付いてくる。振り返ると、濃い夕闇のなかに黒い人影があった。武士らしく、二刀を帯びている。黒布で頬っかむりしているため顔は見えない。

……伊倉だ！

撫《な》で肩で、腰の据わった体軀に見覚えがあった。北本町で立ち合った辻斬り、伊倉泉十郎である。

「出やがったな」

「だ、旦那、どうしやす」

又八が震えを帯びた声で言った。又八も、武士の姿を目にして辻斬りのひとりと察知したようだ。

「やるしかあるまい」

伊倉は強敵だった。斬られるのは安兵衛かもしれない。だが、いつか決着をつけねばならぬ相手だった。

安兵衛は歩きながら両袖《そで》をたくしあげ、袴《はかま》の股だちを取ると、ペッ、と右掌に唾《つば》を吐きかけた。手の滑りをとめるとともに、己を鼓舞するためであった。

「又八、おめえは逃げろ」

安兵衛が言った。安兵衛が伊倉に斬られれば、又八の命もないだろう。何も、ふたり雁《がん》首《くび》をそろえて殺されることはねえ、と安兵衛は思ったのだ。

「あ、あっしは逃げねえ！　旦那といっしょにやる」

又八は目を剝いて言ったが、腰が引け、体が顫《ふる》えている。

「おめえは、玄次に知らせろ。行け！」

安兵衛は一喝するような声で言った。

その声に、又八が駆け出そうとしたが、その体が凍りついたように固まった。

「だ、旦那、むこうにも、いやがる」

「挟み撃ちか！」

通りの先に、人影があった。菅笠をかぶり、腰に長脇差を落としていた。渡世人ふうのもうひとりの辻斬りである。

菅笠の男は、足早に安兵衛たちの方に迫ってきた。背後の伊倉もゆっくりとした足取りで近付いてくる。

……ふたり相手じゃァ勝負にならねえ。

安兵衛は胸の内で言った。

斬られたくなかったら、逃げるしかなかった。喧嘩の場数を踏んでいる安兵衛は、逃げることも大事な戦法だと思っていた。こうしたときの安兵衛の決断と反応は迅《はや》い。

「又八、逃げるぞ！」

言いざま抜刀し、菅笠の男の方へ駆け出した。伊倉より、菅笠の男の方が突破しやすいと見たのである。

「へ、へい」

安兵衛につづいて、又八も駆け出した。目をつり上げて、必死でついてくる。

「逃げるか！」

一声上げ、背後の伊倉が追ってきた。

伊倉にはかまわず、安兵衛は刀をひっ提げて一気に菅笠の男へ迫った。

菅笠の男は長脇差を抜いて身構えた。夕闇のなかに、ふたりの刀身が白く浮き上がったように見えていた。

菅笠の男は腰を沈め、刀身を下段のように低く構えている。走り寄る安兵衛を下から斬り上げるつもりのようだ。

安兵衛と菅笠の男の間がつまった。

イヤアッ！

突如、安兵衛が鋭い気合を発した。気当《きあ》てである。気合で敵を動揺させようとしたのである。

かすかに菅笠の男の刀身が揺れた。鋭い気合に気圧《けお》されたのだ。

この一瞬の隙《すき》を安兵衛は見逃さなかった。斬撃の間境に踏み込むや否や、真っ向から斬り込んだ。

刹那、菅笠の男が体をのけ反らせた。咄嗟《とっさ》に体が反応して安兵衛の斬撃をかわしたのだが、体勢が大きくくずれて、男はたたらを踏むようによろめいた。男の菅笠がふたつに裂けて顔が覗《のぞ》いている。

だが、男は体勢をくずしながらも、手にした長脇差を横に払っていた。野獣のような柔軟な身のこなしである。

長脇差の切っ先が、安兵衛の着物の肩先を裂いた。だが、肌まではとどかなかった。次の瞬間、安兵衛は脇へ跳び、菅笠の男に切っ先をむけていた。

男は背を丸めて身構えた。頬に刀傷がある。面長で、剽悍《ひょうかん》そうな顔付きの男だった。双眸《そうぼう》が餓狼のようにひかっている。

「又八、逃げろ！」

足をとめた又八に、安兵衛が怒鳴った。

その声で、又八が駆けだした。菅笠の男も、伊倉も逃げていく又八には目もくれなかった。

三

伊倉はすぐ近くまで迫っていた。すでに抜刀し、安兵衛の右手から斬り込んでくる気配を見せている。

「斬られてたまるかい！」

安兵衛は右手だけで刀を振りかぶった。双眸が猛虎のようにひかっていた。いつものおっとりした顔ではなく、剣客らしい凄みのある面貌《おもて》に豹変していた。

「逃がさぬ」

伊倉は安兵衛を見すえながら青眼に構えた。剣尖《けんせん》がピタリと安兵衛の左目につけられている。

「伊倉泉十郎、いくぜ！」

安兵衛が声を上げると、一瞬、伊倉の背筋が硬直したようにつっ張った。

動揺したらしく、切っ先が揺れている。名を知られているとは、思っていなかったのだろう。

「わしの名を知られたからには、どうあっても生かしておけぬ」

伊倉の目に、憤怒のひかりが宿った。切っ先の揺れがとまり、全身から痺《しび》れるような殺気が放射された。気が昂《たかぶ》り、顔が赤みを帯びていた。双眸が爛々《らんらん》とひかっている。まさに、剣鬼を思わせる面貌である。

伊倉は青眼に構えたまま足裏をするようにして間をつめてきた。剣尖に一撃必殺の気魄がこもっている。巨岩で押してくるような凄まじい威圧である。

安兵衛は引くに引けなかった。左手後方に菅笠の男が立ち、長脇差の切っ先を安兵衛の脇腹にむけていた。間合に入れば、そのまま腹を突いてくる気配がある。前に剣鬼、背後に狼である。ふたり斃《たお》すのは無理だった。

……相打ち覚悟で斬り込むしかねえ。

安兵衛は頭の隅で思った。

伊倉が斬り込んでくるのと同時に斬り込み、一瞬の隙《すき》をついて逃げるより手はなかった。

ふいに、伊倉の右足が斬撃の間境を越えた。

刹那、稲妻のような剣気が疾《はし》った。

イヤッ！

裂帛《れっぱく》の気合とともに伊倉の体が躍動した。

間髪を入れず、安兵衛が斬り込んだ。一瞬の反応である。

伊倉が青眼から真っ向へ。

安兵衛は体をひねりながら、伊倉の籠手《こて》へ。

ふたりは一合し、疾風のように交差して反転した。

安兵衛の左肩に疼痛がはしった。辛うじて、伊倉の真っ向への斬撃はかわしたが、切っ先が安兵衛の肩口をとらえたのだ。

伊倉の右手甲にも、血の色があった。だが、かすり傷である。

安兵衛がふたたび刀身をふりかぶった瞬間、左手から菅笠の男がつっ込んできた。長脇差で脇腹を突いてくる。

咄嗟《とっさ》に、安兵衛は背後に跳んだが、体勢がくずれてよろめいた。

この隙を伊倉は逃さなかった。刀身を振りかぶり、すばやい動きで斬撃の間に踏み込んできた。体勢をたてなおす間がなかった。

……斬られる！

安兵衛が感知した瞬間だった。

何か固い物が肌に当たったような音がし、伊倉がのけ反った。石だった。鶏卵ほどの石が伊倉の背に当たったのだ。

つづいて、辻斬りだ！　人殺しだ！　と叫ぶ男の声が聞こえ、板戸をたたく激しい音がひびいた。近くの表店のそばにいるらしい。

伊倉は身を引いて、声のする方に顔をむけた。

この隙に安兵衛は後じさり、伊倉との間を取ると反転して駆け出した。だれだか知らないが、天の助けである。

「逃がすな！ 追え」

伊倉が声を上げ、菅笠の男とともに走り出したとき、また石が飛来し、菅笠の男の腰のあたりを直撃した。男は呻《うめ》き声を上げて足をとめた。

安兵衛は走った。背後で足音が聞こえた。執拗《しつよう》に追ってくる。だが、足音は遠く、間があいたようだった。安兵衛が路地を走り抜けて千住街道へ出ると、背後の足音は聞こえなくなった。追うのをあきらめたようである。

安兵衛は荒い息を吐きながら、

……だれが、助けてくれたのだろう。

と、思った。通りすがりの者や付近の住人ではないような気がした。

千住街道へ出て、すこし歩くと路傍で又八が待っていた。心配そうに顔をこわばらせていたが、安兵衛を見ると、ほっとしたような顔をして走り寄ってきた。

「だ、旦那、怪我を！」

又八は安兵衛の肩先の血を見て言った。

「なに、かすり傷だ。それより、おれを助けてくれた者がいてな」

安兵衛は歩きながら、そのときの様子を簡単に話した。

「だれでしょうね」

又八も思いつかないらしく、首をひねっていた。

安兵衛と又八が鳥越橋を渡り、浅草御蔵の前まで来ると、背後から走り寄る足音が聞こえた。まだ、追ってきたか、と思い、刀に手を添えて振り返ると、見覚えのある人影が見えた。玄次である。

玄次は安兵衛に追いつくと、

「旦那、余計なことをしやしたか」

と、息をはずませながら言った。どうやら、石を投げて助けてくれたのは玄次のようだ。

「いや、助かった。おまえが助けてくれなければ、いまごろ三途の川を渡っていたかもしれねえ。それにしても、どうしてあの場に」

安兵衛が訊いた。

「福田屋の裏手で張ってたんでさァ、そこへ、政吉と伊倉が姿を見せやした。何かあるなと思い、さらに張ってると、菅笠の野郎まで来やがった」

　玄次によると、伊倉と菅笠の男が裏口から出たので跡を尾けると、ふたりは二手に分かれて、安兵衛たちを襲ったのだという。

「やっぱり親分は、頼りになりまさァ」

　又八が顎《あご》を突き出すようにして声を上げた。自分で、安兵衛の危機を救ったような顔をしている。

四

「旦那、喜作だ」

　又八が声を殺して言った。

　福田屋の裏口の引戸をあけ、猫背でひょろっとした長身の男が出てきた。喜作である。

　安兵衛と又八は、福田屋の裏手にある町家の板塀の陰から喜作が出てくるのを待っていたのだ。

　安兵衛は嘉四郎の手下のひとりをつかまえて口を割らせようと思っていた。伊倉や菅笠をかぶった渡世人ふうの男の隠れ家をつきとめ、伊倉たちに襲われるより先に手を打とうと考えたのである。

喜作に狙いをしぼった。福田屋にいることが分かっていたし、政吉より吐きやすいとみたのである。

安兵衛は玄次から裏手で見張れば、喜作が姿を見せるはずだと言われ、午後になると、又八を連れて来ていたのだ。そして、この場にひそんで二日目、やっと喜作が姿をあらわしたのである。

「尾けるぞ」

安兵衛は板塀の陰から裏通りへ出た。

裏通りにも、ぽつぽつと人影があったので、この場で喜作を襲って捕らえることはむずかしかった。

喜作は、ぶらぶらと裏通りを歩いて千住街道へ出た。街道は賑わっていた。大勢の通行人や駕籠、荷を積んだ大八車などが行き交っている。この人混みのなかでは、なおのこと喜作を捕らえることはできなかった。

ただ、尾行は楽だった。かなり近付いても、人混みにまぎれて気付かれる恐れはなかったからである。

喜作は浅草御蔵を過ぎて黒船町へ出ると右手へまがり、狭い路地へ入っていった。そのまま路地を歩き、大川端へ突き当たった。喜作は大川端を川上へむかって歩いていく。安兵衛たちの動向を探るつもりなのか、それとも料理屋の客の情報をつかみ、辻斬り役のふたりに知らせるつもりなのか。いずれにしろ、浅草へ行くようである。

大川端はひっそりしていた。ときおり、近所の長屋の住人らしき男や子供などが通ったが、ほとんど人影はなかった。風のない日で、大川の流れは静かだった。夕陽のなかをゆったりと荷を積んだ艀《はしけ》が過ぎていく。

「この辺りで仕掛けよう。又八、前へまわれ」

「へい」

又八は通りを駆け出した。細い路地をたどって、喜作の前方へまわり込むのである。

安兵衛は足を速め、川岸の樹陰や町家の板塀の陰などに身を隠しながら喜作との間をつめ始めた。

喜作との間が半町ほどになったとき、安兵衛は足音をたてないように走りだした。

安兵衛が五、六間ほどの距離につめたとき、足音に気付いて喜作が振り返った。一瞬、喜作は身を硬直させたが、

「てめえは、笹川の！」

と声を上げ、慌てて駆け出した。

だが、その足がすぐにとまった。前方の路地から又八があらわれ、行く手をふさぐように立ちふさがったのである。

安兵衛は疾走しざま、抜刀した。その様子を見て、喜作は恐怖に顔をゆがめて又八の方へ駆け出した。又八を突き飛ばしてでも、逃げようと思ったらしい。

「逃がさねえ！」

叫びざま、又八が喜作に飛び付き、腰のあたりにしがみ付いた。

「離しゃァがれ！」

喜作が又八の胸倉をつかんで突き飛ばそうとしたが、又八は必死にくらいついて離れない。ふたりが揉み合っているところへ安兵衛が駆け付け、

「騒ぐな。首が飛ぶぞ」

と言いざま、喜作の首筋に切っ先を当てた。

「た、助けて……」

喜作は首を伸ばし、恐怖に目を剝いた。

「おれたちは町方じゃァねえ。おとなしくすりゃァ手荒なことはしねえよ」

「あ、あっしを、どうする気で」

喜作が声を震わせて訊いた。

「話を聞くだけだ。いっしょに来い」

安兵衛は半町ほど歩いた川岸に、漁師が網や竹竿などをしまった茅屋《ぼうおく》があるのを知っていた。そこへ連れ込んで、喜作から話を聞くつもりだった。

「旦那に、話すようなことはねえ」

喜作は顔をゆがめて尻込みした。上目遣いに安兵衛を見た目に、憎悪と反抗の色があった。

「いっしょに来ないなら、ここで首を落とすしかないな。ふところの巾着《きんちゃく》を抜いておけば、町方は辻斬りの仕業と思うだろう」

安兵衛は喜作を睨《にら》みつけながら、切っ先を喜作の頬に当てて引いた。

頬に血の線がはしり、タラタラと血が流れ落ちた。喜作は恐怖に顔をひき攣《つ》らせ、

「い、行きやす」

と言って、身を顫わせた。

五

茅屋のなかは、埃と黴《かび》の臭いがした。古い網や壊れかけた桶《おけ》、魚籠《びく》などが転がっている。隅に積んである竹竿もしばらく使ってないと見え、埃をかぶっていた。何年か放置されたままらしい。ここなら、多少手荒なことをしても、他人に気付かれないだろう。

安兵衛と又八は、喜作を小屋のなかに連れ込んだ。薄暗い小屋のなかに入ると、喜作は恐怖で身を顫わせた。拷問でも受けると思ったのかもしれない。

「怖がることはない。おれたちは、話を聞くだけだ」

安兵衛はおだやかな声で言った。

「な、何を訊きてえんだい」

喜作は上ずった声で訊いた。

「おめえや仙次郎が、政吉と通じて何をしてたかは分かってるんだぜ」

安兵衛の物言いが荒っぽくなった。

「…………！」

喜作の顔がこわばった。

「おまえたちの頭は、福田屋の室蔵だな」

「な、何のことでえ」

喜作はとぼけた。まだ、吐く気になっていないようだ。

「室蔵じゃァ分からねえか。木更津の嘉四郎といやァ、分かるだろう」

安兵衛は語気を強くした。

「…………！」

喜作が息を呑《の》んだ。そこまで、知られているとは思わなかったのだろう。

「嘉四郎がおめえたちの頭だな」

安兵衛が恫喝するように声を荒らげた。

「か、嘉四郎などという男は知らねえ」

恐怖に目を剝きながらも、喜作は白を切った。吐いたことが知れれば、嘉四郎に殺されるにちがいない。

「そうかい」

言いざま、安兵衛が抜刀した。

シャッ、と鞘走《さやばし》る音が聞こえた次の瞬間、白刃が一閃《いっせん》し、喜作の額に血の線がはしった。

横一文字にはしった血の線からぷつぷつと血の滴が膨らみ、いくつかの血の筋が額をつたった。切っ先で皮肉を浅く裂いたのである。

「しゃべらねえなら、次は頭の鉢を割るぜ」

安兵衛が喜作を見すえ、凄みのある声で言った。猛虎を思わせるような眼光である。

「し、しゃべる……」

喜作は後じさりしながら、激しく身を顫わせた。

安兵衛が睨んだとおり、喜作はそれほど性根の据わった男ではないようだ。

「おめえたちの頭は」

安兵衛は同じことを訊いた。

「き、木更津の親分だ」

「やはりそうか。おめえと、政吉は嘉四郎が深川にいたころからの手先だな」

安兵衛が訊くと、喜作は首を垂れるようにうなずいた。

「仙次郎は」

「やつは、何も知らねえ。金で頼まれ、客のことを政吉の兄いに知らせてただけだ」

喜作は目を瞬かせながら言った。額から流れてきた血が、目に入ったようだ。

「おめえの役割も、金持ちの客の帰りを政吉に知らせることだな」

仙次郎と喜作が箱屋として芸者について料亭へ行き、金持ちの客がいると政吉か辻斬りふたりに知らせていたのだろう。

「…………」

喜作は答える代わりにちいさくうなずいた。

「辻斬りはふたりだな」

「そうだ」

「伊倉泉十郎ともうひとり、いつも笠をかぶっている渡世人は何者だ」

安兵衛が喜作を見すえながら訊いた。

「瀬戸《せと》の甚七《じんしち》。木更津じゃァ名の知れた渡世人だぜ」

喜作がすこし声を大きくした。

甚七は木更津の賭場《とば》で喧嘩になって渡世人を七人も斬り殺し、嘉四郎を頼って江戸へ出てきたのだという。

「そうか」

甚七の長脇差はあなどれない、と思った。無手勝流の喧嘩殺法だが、多くの修羅場をくぐって身につけた敏捷さと果敢さがあった。道場剣法の遣い手より刀法も巧みで真剣勝負の駆け引きにも卓越していた。

「それで、甚七の塒《ねぐら》は」

「柳橋の借家だと聞いてるが、場所は知らねえ」

喜作は首を横に振った。知っていながら隠しているようには見えなかった。

「伊倉は」

「甚七と同じ借家だそうだ」

「うむ……」

柳橋を探れば、ふたりの塒は分かるだろうと思った。

いっとき、安兵衛が黙考していると、

「あっしは、帰らせてもらいやすぜ」

喜作がそう言って、小屋から出て行こうとした。

「待て」

安兵衛がとめた。

「もうひとつ、聞きたいことがある。嘉四郎は、なぜ浅草ばかり狙ったんだ」

安兵衛は、政吉、喜作、仙次郎の三人を浅草の料亭にもぐり込ませ、浅草の客だけを狙ったのは、何か理由があるはずだと思っていたのである。

「初めから、親分は吉膳が狙いだったのさ。それで、政吉の兄いを吉膳に送り込んだのだ。それに、柳橋には手が出せねえのさ、親分の店があるからな」

喜作は口元に嗤《わら》いを浮かべて言った。

「そういうことか」

嘉四郎は辻斬りで大金を手にするだけでなく、浅草の客足を奪って吉膳の経営を破綻《はたん》させ、手に入れた金を使って安く買い取ろうと考えたのだ。

「やくざの親分が、なぜ料理屋などやる気になったのだ」

「あっしには親分の胸の内までは分からねえが、金だろうよ。以前、あっしに、吉膳ほどの店なら一晩で何十両も稼ぎ出せる、町方の手入れを恐れながら、賭場などひらくのは馬鹿がやることだ、と話してやしたからね」

喜作の声には、他人事のようなひびきがあった。喜作も渡世人の端くれで、嘉四郎の考え方にはついていけないのかもしれない。

「あっしは行きやすぜ」

喜作が言った。

「行ってもいいがな、おめえ、嘉四郎のところへは、しばらくもどれねえぜ」

「どういうことでえ」

喜作が怪訝《けげん》そうな顔をした。

「その顔の傷は、だれが見ても刀傷と分かる。それに、額に真横の傷は滅多なことじゃァつかねえ。嘉四郎や伊倉なら、すぐに脅されたと見るぜ。おめえ、嘉四郎に訊かれたら何て答えるつもりだい」

「…………」

喜作はこわばった顔で額の傷に手をやった。

「おめえの親分はよく辛抱したと褒《ほ》めてくれるかい。おれは、すぐに口をふさぐと見るがな」

「そ、そうかもしれねえ」

喜作の顔が蒼ざめた。

「悪いこたァいわねえ。しばらく、江戸を離れてるんだな。嘉四郎から、うまく言い逃れたとしても、町方や火盗改も放っちゃァおかねえぜ」

安兵衛が言うと、喜作はちいさくうなずき、肩をすぼめて小屋から出て行った。

「旦那、喜作を逃がしちまってもいいんですかい」

又八が遠ざかって行く喜作の背を見ながら言った。

「いいさ、どうせ、江戸にはいられねえ身だ」

六

縁先から冷気をふくんだ風が流れ込んでいた。空は抜けるような青空である。狭い庭の片隅に薄桃色の萩の花が咲き乱れていた。さっきから赤とんぼが花のまわりを飛びまわっている。

伊倉泉十郎は縁先に腰を下ろし、縁先の萩の花に目をやりながら茶碗酒を飲んでいた。鼻梁《びりょう》が高く、うすい唇をしていた。眼光はするどかったが、顔には鬱屈《うっくつ》した翳《かげ》がはりついていた。四十代後半であろうか。鬢《びん》にはわずかに白髪が見られ、深い孤愁が身辺をおおっている。

「甚七、飲まぬか」

伊倉は、座敷に横になっていた甚七に声をかけた。

「いただきやす」

甚七は身を起こすと、台所へまわり、湯飲みを手にして縁先にもどってきた。

「だいぶ、凌《しの》ぎやすくなったな」

伊倉は貧乏徳利の酒を甚七の湯飲みについでやりながら言った。

「月見まで、後三日でござんす」

甚七が湯飲みについでもらいながら言った。剽悍な顔だが、ほとんど表情を動かさない。頰の刀傷が、凄みを感じさせる。

仲秋の名月が八月(旧暦)十五日。今日は八月十二日だった。

「ところで、長岡にはうまく逃げられたな」

伊倉が自分の湯飲みに手酌でつぎながら言った。伊倉は、政吉から安兵衛のことを聞いていたのである。

福田屋のちかくで、安兵衛を襲ってから三日経っていた。その後、ふたりは福田屋へも行かず隠れ家にしているこの借家で過ごしていた。この借家はふたりのために嘉四郎が用意したものである。

「あの男、町方じゃァねえようだが、どうしてあっしらのことを探ってるんですかね」

甚七が低い声で訊いた。

「政吉の話だと、あやつ、浅草にある笹川という料理屋の居候だそうだ。今度の件で、浅草から客が遠のき、笹川も閑古鳥が鳴いているという。そこで、長岡は笹川のために一肌脱ごうと思ったらしい。それには、辻斬りを捕らえて店に客を取りもどすしか手はないと考えたんだろうな」

「なんとも、お節介なやろうで」

甚七は唇にうす嗤いを浮かべた。

「だが、あやつ、できるぞ」

伊倉は虚空に目をとめたまま言った。

「あっしの脇差じゃァ歯がたちやせん」

甚七は唇に自嘲《じちよう》の笑いを浮かべた。甚七も、安兵衛が並々ならぬ遣い手であることを察知していたのである。

「長岡はおれが斬る」

伊倉が重いひびきのある声で言った。顔に表情はなかったが、双眸には剣客らしいするどいひかりが宿っていた。

そのとき、萩の葉にとまっていた赤とんぼが飛び立ち、スーと生垣を越えて飛び去った。伊倉の剣気が、とどいたのかもしれない。

「それにしても、旦那のようなお方が、どうして木更津の親分の身内になりなすったんです」

甚七が訊いた。前々から、甚七は伊倉を無頼牢人《ろうにん》や渡世人などとはちがうと見ていたのだ。それに、短いが同じ屋根の下で暮らすうちに、伊倉に対し求道者のような一途さを感じたのである。

「身内になった覚えはない。ただ、行き場がないので、ここに寝起きしているだけだ」

「あっしも、同じようなもので」

「それにな、おれは金が欲しいのだ」

伊倉は、いかに剣の腕を上げようと、霞を食っては生きていけぬからな、と言って、苦笑いを浮かべた。

「まったくで」

甚七は貧乏徳利を手にして、伊倉の湯飲みに酒をつぎたした。

ふたりは、いっとき黙したまま酒を飲んでいたが、

「ところで、おまえはどうするつもりだ」

と、伊倉が甚七に訊いた。

「何のことでございやしょう」

「これから先のことだ。いつまでも、辻斬りをつづけていくわけにはいくまい。長岡たちのこともあるが、それより町方と火盗改だ。仙次郎は火盗改につかまったそうだし、喜作も姿を消したというではないか。喜作も町方か火盗改に捕らえられたとみてもいいのではないかな」

喜作が福田屋にもどらなくなって、三日目だった。この借家に顔を出した政吉から、伊倉はそのことを耳にしていたのだ。

「あっしは、もとより八州廻りに追われている身でござんすから、長く一つところに居られる身じゃァござんせん。様子を見て、旅立つつもりでおりやす」

甚七はそう言ってから、

「旦那は、どうなさるおつもりで」

と、伊倉に目をむけて訊いた。

「おれか、おれも江戸を離れねばならんだろうな。ただ、その前に、もうすこし金が欲しい。できれば、武州か上州で剣術の道場をひらきたいのでな」

「道場を」

「そうだ。おれは、おまえとちがって賭場をめぐって口を糊することはできんからな」

伊倉はつぶやくように言った。

伊倉が嘉四郎の誘いに乗ったのは、江戸を離れた地で道場をひらきたいとの思いがあったからである。

伊倉は名声や富を得たいわけではなかった。これからも、己が生きてきた剣術にたずさわって生きていきたいと願っただけなのだ。

近年、武芸熱は江戸近隣の地でも高まり、特に武州や上州などの街道沿いには馬庭《まにわ》念流《ねん》、神道無念流、甲源《こうげん》一刀流、柳剛《りゅうごう》流などの諸流派が隆盛し、多くの剣術道場が門人を集めていると聞いていた。そうした地なら、剣術を教えながら生きていくこともできるだろう、と伊倉は思ったのだ。

「ただ、このまま江戸を離れるわけにはいくまい。長岡安兵衛を斬らねばな」

伊倉はひとりごち、手にした湯飲みをゆっくりとかたむけた。

第六章　孤愁の剣

一

伊倉と甚七の隠れ家をつかんできたのは玄次だった。

玄次は安兵衛から喜作の自白を聞いた後、福田屋を見張り、三日後に姿をあらわした政吉の跡を尾《つ》けて、ふたりの住む借家を見つけたのである。

その日、玄次は笹川に顔を出し、ふたりの隠れ家をつかんだことを話してから、

「旦那《だんな》、どうしやす」

と、声を低くして訊《き》いた。

「まだ、町方に話すには早《はえ》えな」

安兵衛は定廻り同心の倉持信次郎に話して捕縛してもらうのも手だと思ったが、そのた

めには安兵衛たちが喜作を拷問したことを話さなければならなかった。ただ、喜作が姿を消しているため、倉持も安兵衛の話をすぐには信じないだろう。それに、安兵衛には伊倉だけは自分の手で斬りたいという気持があった。

「ふたりは、おれたちで始末するか」

安兵衛にすれば、辻斬りふたりを斬り、笹川に客がもどってくれれば、それでいいのである。

「へい……」

と答えたが、玄次は浮かぬ顔をしていた。玄次も、伊倉と甚七の腕を知っていたので、安兵衛の腕をもってしても、簡単には討ち取れないと踏んだようだ。

「笑月斎の手を借りよう」

安兵衛も、ひとりで伊倉と甚七を狙《ねら》えば返り討ちにあうことは分かっていた。笑月斎は腕がたつ。甚七なら、十分討ち取れるはずだ。

「そりゃァいい。笑月斎の旦那、退屈してやすからね。すぐに、話に乗りますぜ」

玄次が口元をほころばして言った。

その日の七ツ（午後四時）ごろ、安兵衛は玄次とともに三好町の徳兵衛店に立ち寄り、笑月斎に会ってことの次第を伝え、手を貸してくれるよう頼んだ。

「いいだろう、退屈してたところだ」

玄次が予想したとおり、笑月斎はすぐに承知した。

「これからふたりの隠れ家に乗り込むつもりだ」

「分かった。支度しよう」

笑月斎は着物の裾《すそ》をからげ、手ぬぐいで頬っかむりした。髷《まげ》を結っていたが、剃刀《かみそり》であたらなかったので、月代《さかやき》や無精髭《ひげ》が伸びて何ともむさい顔をしていた。腰に刀を差せないので、茣蓙《ござ》で丸めて小脇にかかえた。

「夜鷹のようだぞ」

安兵衛が笑ったが、

「極楽とんぼと夜鷹とは、妙な取り合わせだな」

と言って、笑月斎は気にもしなかった。

三人はいったん千住街道へ出てから柳橋にむかった。玄次によると、伊倉と甚七の隠れ家は、福田屋からは数町離れた平右衛門町にあるとのことだった。そこは表通りから離れた空地や笹藪などが多い寂しい場所で、以前は妾宅だったらしいという。

「わしが、甚七を斬ろう」

笑月斎が歩きながら言った。笑月斎にも、本所の大川端でやり合ったふたりの辻斬りが伊倉と甚七であることは話してあった。

「甚七は木更津から流れてきた渡世人のようだが、あやつの長脇差、あなどれぬぞ」

安兵衛が言った。

「まァ、後《おく》れを取るようなことはあるまい。わしより、おぬしだ。伊倉は並の腕ではないぞ」

笑月斎も伊倉の腕のほどは知っていた。

「極楽とんぼの剣を見せてやろう」

安兵衛がつぶやくような声で言った。ほぼ互角であろうとみていた。やってみなければ、どちらが勝つか分からない。ただ、安兵衛はいつもそうだった。よほど腕の差がなければ、勝てる自信は持てなかった。それが、真剣勝負なのである。

三人は千住街道から左手の路地に入った。しばらく、小体《こてい》な店や表長屋などがごてごてとつづく路地を歩き、そこを通り抜けると畑や竹林などが目につく寂れた場所に出た。

すこし歩いてから玄次が竹林のそばで足をとめ、

「あの生垣のまわしてある家でさァ」

と言って、前方を指差した。

竹林につづいて空地があり、その空地の先に生垣をまわした仕舞屋《しもたや》があった。古い家屋で、柘植《つげ》の生垣も長く手入れしてないと見え、枝葉が伸びてぼさぼさだった。

「おふたりは、ここで待っていてくだせえ。あっしが様子を見てきやす」

そう言い残し、玄次は小走りに仕舞屋の方へむかった。

安兵衛と笑月斎は道端に立って、玄次の背に目をやっていた。

玄次は生垣のそばに身を寄せると、生垣の隙間《すきま》をくぐって敷地内に侵入した。玄次は身をかがめながら家屋に近付き、板壁に身を張り付けた。聞き耳をたてて、なかの物音を聞いているようである。

いっときすると、玄次は板壁から離れ、生垣をくぐって安兵衛たちのところへもどってきた。

「いやすぜ、伊倉と甚七が」

玄次が小声で言った。

「ふたりだけか」

安兵衛が念を押すように訊いた。

「へい」

「何をしてる?」

「酒を飲んでるようで」

安兵衛は、酒か、と言って、指先で唇を撫《な》でた。

「酒はすんでからだ」

笑月斎がたしなめるような口調で言った。

「分かってるよ。……ここで、仕掛けるか」

そう言って、安兵衛は周囲に目をやった。辺りに人影はなかった。仕舞屋のすこし先に板塀をめぐらせた長屋があったが、物音も人声も聞こえなかった。多少、物音をたてても駆け付けてくる者はいないだろう。

「仕掛けるには、いいころだな」

笑月斎が上空に目をやって言った。

すでに陽は沈み、辺りは淡い暮色につつまれていた。まだ、夜陰にとざされるまでには間がある。

「よし、やろう」

安兵衛が言うと、笑月斎と玄次がうなずいた。

三人は竹林のそばの小道をたどり、生垣のそばまで行って、なかの様子をうかがった。かすかに男の話し声がしたが、何を話しているかは聞き取れなかった。

「庭におびき出そう」

様子の分からない家のなかに踏み込むのは危険だった。刀を自由にふるえないし、同士討ちする恐れがあるのだ。

庭は長い間手入れされてないらしく、雑草が生い茂っていた。ただ、思ったより広く、存分に刀をふるうことができそうだった。それに、生垣がまわしてあるので、人目にもつきにくいだろう。

「支度をするぞ」

安兵衛は刀の下げ緒で両袖《そで》を絞り、袴《はかま》の股だちを取った。笑月斎も細紐《ひも》で襷《たすき》をかけ、さらに着物の裾を高くからげて、腰に大刀を帯びた。玄次は、付近で手頃な石を拾って袂《たもと》に入れている。いざとなったら、投げ付けるつもりなのだ。

「行くぞ」

安兵衛が生垣の隙間から侵入し、笑月斎と玄次がつづいた。

二

庭の隅の欅《けやき》の樹陰に身を隠して耳を澄ますと、男の話し声と瀬戸物の触れ合うような音が聞こえた。玄次の言うとおり、伊倉と甚七は酒を飲んでいるようである。

雑草におおわれた庭に面して、縁側があった。その先に障子がたててあり座敷になっているらしかった。話し声は、その座敷から聞こえてくる。

「笑月斎、行くぞ」

「おお」

安兵衛が樹陰から出ると、笑月斎もつづいた。玄次は樹陰に身を隠したままである。ふたりの戦いの様子を見て加勢する気である。

安兵衛と笑月斎は三間ほど距離をとって、庭に立った。存分に刀をふるえるだけの間をとったのである。

「伊倉泉十郎、瀬戸の甚七、姿を見せろ！」

安兵衛が声を上げた。

その声で、家のなかの物音がやんだ。森閑として動く気配もない。座敷のふたりは、外の気配を探っているのかもしれない。

「長岡安兵衛と笑月斎だ。尋常に勝負しろ！」

安兵衛はさらにつづけた。ふたりを外へ呼び出すつもりだった。

いっとき、家のなかは静まっていたが、急に衣擦《きぬず》れの音と畳を踏む足音が聞こえた。そして、障子があき、伊倉が縁側に姿をあらわした。つづいて、甚七も廊下に出てきた。

伊倉は腰に大刀だけを帯び、鋭い目で安兵衛を見すえた。

甚七は菅笠をかぶっていなかった。着物の裾を尻《しり》っ端折《ばしょ》りし、股引姿で脇差を手にしていた。輝きのない暗い目差である。

「ふたりだけか」

伊倉はすばやく庭の周囲に目をやった。捕方もいるのではないかと思ったのかもしれない。甚七も油断なく、辺りに目を配っている。

「捕らえるつもりはない。うぬと勝負をつけにきたのだ」

安兵衛はゆっくりと縁側に歩を寄せた。

「望むところだ」

伊倉はその場で袴の股だちだけ取ると、庭に下りた。つづいて甚七も縁先から飛び下り、笑月斎の前に近寄った。

安兵衛は伊倉と三間ほどの間を取って対峙した。まだ、ふたりとも抜刀していなかった。すこしずつ動いて、足場を確かめている。雑草が生い茂っていたが丈の高い草はなく、それほど足場は悪くなかった。

「行くぞ」

安兵衛が抜刀した。

伊倉も抜き、青眼に構えた。ゆったりとした構えである。腰が据わり、剣尖《けんせん》をピタリと安兵衛の左眼につけている。安兵衛の目に伊倉の中背の体が巨軀のように見え、剣尖には眼前に迫ってくるような威圧があった。けれんはなかった。剣の手練《てだれ》らしい隙のない大きな構えである。

安兵衛は切っ先を足元に下げ、両肩の力を抜いた。体が硬くならないように、力みを取ったのである。

安兵衛はすこしずつ刀身を上げながら、趾《あしゆび》を這《は》うようにして伊倉との間合をつめ始めた。双眸《そうぼう》が炯々《けいけい》とひかり、全身に気勢がみなぎっている。

伊倉は動かなかった。どっしりと構えたまま、安兵衛との間を読んでいる。

安兵衛は斬撃の間境の手前で寄り身をとめると、剣尖を敵の目線につけ、切っ先をかすかに上下させた。

伊倉は微動だにしない。ふたりの間を静寂と緊張がつつんでいた。ふたりとも神経を研ぎ澄まし、敵の斬撃の起こりをとらえようとしていた。

時が流れた。ただ、安兵衛も伊倉もどのくらい対峙していたのか分からなかった。ふたりとも時間の意識がなかったのである。ほんの数瞬なのか、小半刻（三十分）も過ぎたのか……。

そのとき、刀身のはじき合う甲高い音がひびいた。笑月斎と甚七が一合したのである。

刹那、ふたりをつつんでいた剣の磁場が裂け、稲妻のような剣気が疾《はし》った。

ヤァッ！

トオッ！

ほぼ同時にふたりの気合が静寂を破り、体が躍動した。

伊倉の斬撃は、青眼から袈裟《けさ》へ。神速の斬撃である。

咄嗟《とっさ》に、安兵衛は右手に跳びながら刀身を横に払った。両者は一合し、交差し、大きく間を取ってから反転した。

安兵衛の頬に細い血の線がはしり、血が筋を引いて滴った。伊倉の斬撃が迅《はや》く、かわしきれなかったのである。一方、安兵衛の斬撃はむなしく、空を切っただけだった。

安兵衛は、唇に滴り落ちてきた血を舌先で舐《な》め、ペッと吐き捨てた。

「勝負はこれからだぜ」

安兵衛は、ニヤリと笑った。

すこしも臆さなかった。全身に闘気がみなぎり、両眼が猛虎のようにひかっている。安兵衛は喧嘩師だった。敵が強敵であればあるほど燃えるのである。

伊倉も高揚し、全身に気魄《きはく》がみなぎっていた。鼻が高く眼光の鋭い顔は、猛禽《もうきん》のようだった。

「さァ、こい!」

伊倉は剣尖を安兵衛の左眼につけ、今度は自分から間合をつめ始めた。

安兵衛も足裏をするようにして、間合をせばめていった。

三

安兵衛は刀身を下げ、切っ先が地面を擦るような低い下段に構えたまま間をつめていく。

ふたりは引き寄せ合うように一気に間合をせばめた。

と、安兵衛が斬撃の間境の手前で切っ先を敵の腹部まで上げ、そのまま突いていく気配を見せた。誘いだった。突くと見せて、敵が反応した瞬間をとらえて斬り込もうとしたのである。

ヤアッ！

鋭い気合とともに、伊倉が一歩踏み込み、安兵衛の切っ先をはじいた。誘いに乗ったのではない。安兵衛を牽制しながら、斬撃の間に踏み込んだのである。

次の瞬間、両者の体が躍動した。

伊倉が安兵衛の真っ向へ斬り込み、安兵衛もはじかれた刀身を振り上げざま、伊倉の面へ斬り落とした。

二筋の閃光が両者の鼻先で合致し、にぶい金属音がひびいた。鍔《つば》迫《ぜ》り合《あ》いである。

だが、ふたりはすぐに離れた。刀身を合わせた瞬間、相手を押して背後に跳んだのだ。

しかも、ふたりは跳びざま、ほぼ同時に胴を払っていた。

両者の切っ先は空を切った。

ふたりは間を取ったが、そこで対峙しなかった。すばやい体捌《さば》きで、斬撃の間に踏み込むや否や斬り込んだのである。

伊倉は袈裟へ。

安兵衛は敵の鍔元へ突き込むような籠手を放った。

安兵衛の着物の胸部が斜めに裂け、細い血の線がはしった。かすかに伊倉の切っ先がとらえたのだ。

一方、安兵衛の切っ先も、伊倉の右手の甲の肉を抉《えぐ》り、血が飛んだ。

間髪を入れず、安兵衛が猛り狂う獣のような形相で斬り込んだ。咄嗟の反応だった。安兵衛の勘が、ここが勝負、とみたのである。

イヤアッ！

裂帛《れっぱく》の気合を発し、真っ向へ。渾身《こんしん》の一刀だった。

伊倉が受けた。右手の血が飛び散り、腰がくずれてよろめいた。安兵衛の斬撃の強さに押されたのである。

次の瞬間、安兵衛は二の太刀をふるった。

袈裟へ。迅雷の一撃だった。伊倉は体勢をくずしながら斬撃を受けようとして、両腕を上げた。

その左腕が、斬り落とされた。

血が噴いた。伊倉は目をつり上げ、狂ったように右手だけで斬り込んできた。だが、動きが緩慢で、斬撃に鋭さがなかった。

安兵衛は頭上へ斬り込んできた伊倉の切っ先を体をひらいてかわし、脇をすり抜けながら、胴を薙《な》いだ。払い胴である。

ドスッ、というにぶい音がし、伊倉の上体が折れたように前にかしいだ。伊倉はそのまつんのめるように前におよぎ、両膝を折ってうずくまった。

これが、安兵衛の剣である。構えや太刀捌きにこだわらず、戦いのなかで臨機応変に動く喧嘩殺法だった。安兵衛の称する、とんぼ剣法である。

伊倉は右手で腹を押さえ、低い呻《うめ》き声を洩《も》らしていた。切断された左手から噴出した血が、全身を蘇芳《すおう》色に染めている。

伊倉の顔が無念そうにゆがんでいた。

「刺せ、とどめを！」

伊倉が声をふり絞って叫んだ。

「承知」

安兵衛は武士の情けだと思った。放置すれば、醜態を晒《さら》すだけである。それに、伊倉は助からないだろう。

安兵衛は伊倉の背後に歩み寄り、刀身で背から心ノ臓を突き刺した。一瞬、伊倉がグッと喉を鳴らして身をのけ反らせたが、安兵衛が刀身を引き抜くと、くずれるように前につっ伏した。

伊倉の横顔が見えた。薄目をあいたまま死んでいる。剣鬼の面影はなかった。孤愁と屈辱の翳《かげ》が顔をおおっている。

安兵衛は、笑月斎の方へ目を転じた。

笑月斎と甚七の勝負はまだ決していなかった。ただ、甚七が劣勢であることは一目で分かった。甚七は数太刀浴びていた。元結が切れ、ざんばら髪で、顔は血まみれだった。肩口も裂けて、棒縞《ぼうじま》の着物がどっぷりと血を吸っている。

……ここは、笑月斎にまかせるか。

安兵衛は笑月斎が斬られることはないと見てとった。

「きやがれ！」

甚七が声を上げた。目をつり上げ、長脇差を振りかぶっている。逃げる気はないようだ。

笑月斎は青眼に構えたまま、甚七との間をせばめていく。

「死ね！」

甚七が叫びざま、斬り込んだ。

体ごとぶっつかっていくような捨て身の攻撃だった。笑月斎は脇へ跳んで、その斬撃をかわし、甚七の体が泳ぐところを、袈裟に斬り込んだ。

笑月斎の一撃が、甚七の首根をとらえた。首がかしぎ、首根から血が驟雨《しゅうう》のように噴出した。甚七は血を撒《ま》きながらたたらを踏むようによろめいた。

二間ほどよろめいたところで、足をとめてつっ立つと、腰からくずれるように倒れた。

悲鳴も呻き声も聞こえなかった。つっ伏した首筋からかすかに血の噴出音が聞こえるだけである。

「笑月斎、大事ないか」

安兵衛が歩み寄った。

「そっちは」

返り血を浴びた笑月斎が目を剝《む》いて訊いた。さすがに、気が昂《たかぶ》っているらしく顔がこわばっていた。

「かすり傷だよ」

安兵衛の胸に血の色があったが、浅手だった。すでに、出血もとまっている。

「これで、辻斬りが始末できたわけだな」

笑月斎が、顔の血を指先でこすりながら言った。

そこへ、玄次が走り寄ってきて、さすがは、旦那方だ、と言って、ほっとしたような顔をした。

「終わったな」

「ああ」

「すぐに、女房どののところへ帰れるだろうよ」

安兵衛が言うと、

「そろそろ、女房の肌が恋しくなったからな」

笑月斎がニンマリした。

それから、三人は伊倉と甚七の死体を動かし、部屋のなかにも争ったような跡を残して、ふたりで斬り合ったように偽装した。町方にいらぬ詮議を受けたくなかったからである。

辺りは夜陰につつまれていた。庭の叢《くさむら》で虫の声がすだくように聞こえていた。

「帰って、笹川で一杯やろう」

安兵衛が言うと、ふたりは口元をほころばせてうなずいた。

四

とんぼの小父ちゃん、手の鳴る方へ、手の鳴る方へ……。お満がちいさな手をたたきながら逃げていく。

お満はどこだ、お満はどこだ、目隠しをした安兵衛が、両手を前に突き出して辺りを探りながら、お満をつかまえようと追っていく。

めんない千鳥と呼ばれる目隠し遊びである。お満は安兵衛を相手にして、この遊びをするのが好きだった。この日も、布団部屋でくすぶっていた安兵衛を店の外に引っ張り出し、遊んでくれとせがんだのである。

そのとき、安兵衛は前に立っている人の気配を感じ、両手を伸ばして抱きついた。お満ではない。骨張った大きな体である。男のようだ。

安兵衛は慌てて、目隠しを取った。

「なんだ、又八ではないか」

安兵衛が抱き付いたのは、又八だった。

「何が、めんない千鳥です。とんぼみてえに大きな目をひん剝いて」

又八が呆《あき》れたような顔をした。

「気色悪い。嫌なものをつかまえちまったな」

安兵衛も、苦虫を嚙み潰《つぶ》したような顔をして両手をぶらぶらと振った。

お満がふたりのそばに飛んできた。又八を新しい遊び相手とでも思ったのか、にこにこしながら、

「又八の小父ちゃんもやる？」

と、又八を見上げて訊いた。

「またな、今日はとんぼの小父ちゃんに大事な話があってな。遊んでるわけにはいかねえんだ」

又八はお満のちいさな肩に手を置いて、やさしい声で言った。又八も、お満に八つ当た

りするようなことはしなかった。

「お満、そういうわけだ。今日のところは、これまでだな」

安兵衛がそう言うと、お満は不満そうな顔をしたが、大人ふたりから言われて、ごねるわけにもいかなかったのであろう。お春さんに遊んでもらう、と言い残して、戸口から店へ駆け込んだ。女中のお春も、手があいているときは、お満の相手をしてやることがあったのだ。

「それで、大事な話というのは何だ」

安兵衛が訊いた。

「町方が、嘉四郎を捕る気になったようですぜ」

又八が声をひそめて言った。

「倉持どのが、その気になったか」

安兵衛、笑月斎、玄次の三人で、柳橋の隠れ家にひそんでいた伊倉と甚七を斬って四日経っていた。

安兵衛は嘉四郎と政吉の始末は町方にまかせようと思い、伊倉と甚七を斬った後、玄次に頼んで、嘉四郎が辻斬り一味の黒幕であり、政吉が片腕として動いていたことなどを倉持に伝えてもらったのである。

　さっそく、玄次は八丁堀に出かけて嘉四郎と政吉のことを倉持に知らせたらしい。ところが、倉持はすぐに玄次の話を信じなかった。とりあえず、嘉四郎と政吉が逃走しないように自分の手先を福田屋周辺に張り込ませた上で、独自にふたりの身辺を洗ったという。

「倉持の旦那は、室蔵の正体が木更津の嘉四郎で、深川で賭場《とば》をひらいていたことをつかんだらしいんで」

　と、又八が言った。

　倉持は岡っ引きを隠居した昌吉から聞いただけなのだが、そのことは又八も知らなかった。

「それで、捕る気になったわけだな」

　倉持にすれば、辻斬り一味とつながらなくとも、賭場をひらいた容疑で嘉四郎と政吉を挙げることができると踏んだのであろう。いずれにしろ、柳橋の隠れ家で死んでいる伊倉たちとのかかわりが判明すれば、辻斬り一味の黒幕であることも分かるはずだった。

「旦那、どうしやす」

　又八が安兵衛に身を寄せて小声で訊いた。

「何を？」

「倉持の旦那が踏み込むのは、今日の午後らしいんで。……行ってみますかい」

又八が、目をひからせて知り合いの岡っ引きから耳にしたと言い足した。

「そうだな、お満の相手も飽きたからな」

「お満ちゃんの相手なら、いくらもできるでしょうよ」

どうやら、又八は安兵衛を同行したいようだ。そのために、笹川に立ち寄ったにちがいない。

「行くか」

「へい」

「だが、手ぶらというわけにはいかんぞ。ちょっと、待て」

そう言い置くと、安兵衛は慌てて店へもどった。

又八が戸口でいっとき待つと、安兵衛は愛用の瓢《ひさご》を肩にかけて出てきた。

「旦那、また酒ですかい」

「一杯やりながら高みの見物と洒落《しゃれ》るのよ」

「まァ、旦那の勝手ですがね」

又八は呆れたような顔をして歩きだした。

ふたりは、千住街道を足早に両国方面にむかった。八ツ（午後二時）ごろだろうか。まだ、陽は頭上にあり、街道を強く照りつけていた。このところ雨がないせいか、道は乾き、足元から黄粉色の土埃《つちぼこり》が靄《もや》のようにたっている。

福田屋はひっそりしていた。暖簾《のれん》は出ていたが、客はまだいないらしかった。安兵衛と又八は、大川の川岸に積んである廃舟の陰にまわった。

「倉持どのの姿はないようだな」

安兵衛は福田屋の周囲に目をやってから、廃舟の陰に腰を下ろし、大川の川面に視線を移した。

そこは廃舟が陽射しをさえぎり、日陰になっていた。心地好い川風が吹いている。一杯やるにはいい場所だった。

「又八、見張りを頼むぞ」

そう言うと、安兵衛は瓢を肩からはずし、大川の流れを肴《さかな》に瓢の酒を飲み始めた。

「まったく、旦那は極楽とんぼなんだから」

愚痴を言いながらも、又八は廃舟の隙間から油断なく福田屋に目をやっている。

五

「旦那、それらしいのが来やした」

又八が声を殺して言った。

「来たか」

安兵衛は立ち上がり、積んである廃舟の隙間から通りに目をやった。岡っ引きらしい男を三人したがえて、倉持が姿をあらわした。倉持は黒羽織の裾を帯にはさんだ巻き羽織と呼ばれる格好で、黄八丈の小袖《こそで》を着流していた。一目で八丁堀同心と知れる姿である。

倉持たちが福田屋のちかくまで来ると、川岸ちかくにいた船頭ふうの男がひとり近寄り、倉持に何やら耳打ちした。つづいて裏手に通じる路地から職人ふうの男が駆け寄り、やはり倉持に何か言った。

「見張り役か」

安兵衛は、見張り役に置いた倉持の手先だろうと思った。

「旦那、踏み込みやすかね」

又八が、店先に目をやりながら訊いた。

「いや、まだだろう」

安兵衛は捕方がすくな過ぎると思った。倉持の他に五人である。嘉四郎と政吉のふたりだけでも、抵抗したら取り逃がすかもしれない。それに、福田屋の奉公人のなかにも嘉四郎の手先がいるとみなければならない。

「旦那、来やした、捕方だ！」

又八が昂《たかぶ》った声を上げた。

見ると、尻っ端折りに股引、襷がけの捕方が十数人、十手や六尺棒などの捕具を手にして足早にやってきた。一団の先頭にいるのは、先崎《せんざき》という若い同心だった。倉持と同じ北町奉行所の定廻り同心である。先崎は捕物のおり倉持と行動を共にすることが多く、安兵衛も顔を知っていた。

先崎は羽織を脱ぎ、着流した小袖の裾を端折り、襷で両袖を絞っていた。正式な捕物出役装束ではない。巡視のおりの身装《みなり》に襷をかけ、着物の裾を端折ったという格好である。実際にそうなのか、それとも巡視の途中で犯人を発見し急遽《きゅうきょ》捕縛したことにするため、わざわざそれらしい扮装《いでたち》にしたかである。

そのとき、福田屋の格子戸があいて、若い衆らしき男が出てきた。男は近付いてくる捕方を目にすると顔色を変え、慌てて店へもどろうとした。

それを見て、戸口のそばにいた岡っ引きが、店へもどろうとした男に飛び付いた。ふたりで揉み合っているところへ、もうひとりの岡っ引きが駆け寄り、後ろから男を羽交締めにした。

倉持が命じたらしく、ふたりの岡っ引きが手際よく男に早縄をかけた。嘉四郎の手下とみたのかもしれない。

そこへ先崎たちが到着し、倉持の指示で二手に分かれて店に踏み込んだ。一隊は倉持が先導して表から、もう一隊は先崎にしたがって裏手へまわった。裏口からの逃走を防ぐためであろう。

通りかかった職人ふうの男や柳橋に来た遊山客などが路傍に身を寄せ、怯《おび》えたような顔で福田屋の店先に目をやっている。

「だ、旦那、始まりましたぜ」

又八が興奮した口振りで言った。

「そのようだな」

「近寄って、覗《のぞ》いてみますかい」

「よせ、よせ、嘉四郎と政吉が逃げ出さねえか、ここで見張ってるんだ」

倉持たちが取り逃がす可能性があった。ふたりが逃げるとすれば、大川端へ出て桟橋に舫《もや》ってある舟を使うのではないか、と安兵衛はみていた。

大川端へ出るには、店のどこから出ても安兵衛たちのいる前の通りを横切らなければならない。そのことも読んで、安兵衛はこの場にひそんでいたのである。

店のなかから、激しい音が聞こえてきた。引戸をあけ放つ音、何かが倒れる音、男の怒号、女の悲鳴……。

嘉四郎たちが捕方に抵抗しているようである。

と、格子戸があいて、人影が飛び出してきた。

「旦那、だれか来やす」

「政吉だ!」

言いざま安兵衛は抜刀し、廃舟の陰から通りへ飛び出した。

政吉は店から駆け出し、通りを横切ろうとした。その政吉の背後から、十手を手にした捕方がふたり追ってきた。

安兵衛は刀をひっ提げたまま政吉にむかって疾走した。政吉が、走り寄る安兵衛の姿を目にし、ギョッとしたように立ち竦《すく》んだ。

「てめえは、笹川の居候！」

政吉の顔が憎悪と敵意で蒼ざめた。それでも、立ちふさがった安兵衛を突破しなければ、逃げられないと気付いたらしく、ふところに手をつっ込んで、呑んでいた匕首《あいくち》を抜いた。

政吉は匕首を胸のあたりに構えると、

「ちくしょう！　つかまって、たまるか」

甲走った声を上げて、体ごとつっ込んできた。

安兵衛は脇へ跳んでかわしざま、刀身を峰に返して横に払った。

骨肉を打つにぶい音がし、刀身が政吉の腹に食い込んだ。峰打ちである。

政吉は喉のつまったような呻き声を上げ、両膝を折って地べたに屈み込んだ。そのまま腹を押さえてうずくまっている。

「縄をかけろ」

安兵衛が駆け付けたふたりの捕方に声をかけると、ひとりが前から政吉の肩口を押さえ込み、もうひとりが政吉を後ろ手にして早縄をかけた。

「お武家さまは、どなたさまで」

早縄をかけた若い捕方が訊いた。安兵衛のことを知らないらしい。

「通りすがりの者だ。賊が逃げてくるのを目にしたのでな」

そう言うと、安兵衛は納刀して歩きだした。

又八が慌てて安兵衛を追ってきて、

「旦那がいなけりゃァ、政吉を取り逃がすところでしたぜ」

と、肩を並べて歩きながら言った。

「嘉四郎は、どうなったかな」

安兵衛はふたりの捕方から離れると、路傍に立ちどまって福田屋に目をやった。

店のなかの騒ぎの音は聞こえなかった。捕物は終わったようである。

安兵衛と又八が立ったまま店先に目をやっていると、格子戸があいて、数人の人影があらわれた。

「嘉四郎を捕縛したようだな」

倉持につづいて、縄をかけられた嘉四郎が姿を見せた。嘉四郎は口を引き結び、正面を見すえて表に出てきた。遠目にも悪びれた様子はなく、ふてぶてしい顔付きに見えた。

その嘉四郎の背後から、やはり縄をかけられた男がふたり捕方に連れられて出てきた。

ふたりは肩をすぼめてうなだれていた。店の若い衆か板場の者であろう。嘉四郎の手下かもしれない。

「終わったようだな」

そう言って、安兵衛は歩きだした。

しばらく歩いたところで、ふいに安兵衛が立ちどまり、反転して駆けだした。

「旦那、どうしやした」

又八は慌てて後を追ってきて訊いた。

「忘れた、大事な瓢を」

安兵衛は廃舟の陰に瓢を置き忘れてきたのだ。

六

布団部屋のなかを夜陰がつつんでいた。行灯《あんどん》の灯《ひ》が、ぼんやりと障子を照らしている。

秋が深まり、夜気のなかには肌に染みるような冷気があった。

そろそろ四ツ（午後十時）ごろであろうか。階下から、お房の声と複数の酔客の濁声《だみごえ》や笑い声などが聞こえてきた。何人かの客が帰るところらしい。

安兵衛はひとり畳に寝転がっていた。一刻（二時間）ほど前までお満が来ていて、相手をしてやっていたのだが、お満は眠くなったらしく一階の寝部屋にもどっていた。ひとりになってから、安兵衛は瓢に残っていた酒を飲んでいたが、空になったので横になっていたのである。

いっときすると、また客の声が聞こえた。何か剽《ひよう》げたことでも言ったらしく、お房とお春の笑い声が起こった。

……笹川にも、客がもどったようだ。

安兵衛は女たちの笑い声を聞きながらそう思った。

嘉四郎と政吉が、倉持たちに捕らえられて一月ほど過ぎていた。捕縛後、嘉四郎と政吉は南茅場町の大番屋で倉持の厳しい吟味を受けたが、辻斬りの件はいっさい自白しなかったという。

ところが、柳橋の仕舞屋で伊倉と甚七の死体が発見され、しかもふたりの持ち物のなかから別々に七十余両と五十余両の金が見つかった。倉持はふたりの風体と発見された大金から、辻斬りにまちがいないと判断した。

その後の調べで死んでいたふたりが伊倉泉十郎と甚七という名であることが分かり、しかも度々福田屋に出かけていたことが、福田屋の奉公人の証言からあきらかになった。

倉持はあらためて嘉四郎と政吉を追及したが、それでもふたりは口を割らなかった。ところが、倉持が玄次から聞いた喜作と仙次郎とのかかわりや東仲町の桔梗屋で会っていたことなどを口にして政吉を追及すると、ついに政吉が口を割った。町方にそこまで調べられては、言い逃れできないと思ったのであろう。

そして、政吉が自白したことを知ると、嘉四郎も観念したらしく辻斬りの件も吐いたのである。

こうした吟味の一部始終を安兵衛に話してくれたのは、玄次だった。玄次は何度か倉持と会って、安兵衛や笑月斎に累《るい》が及ばない範囲内でいままでの経緯を話したようだ。そして、倉持からも吟味の様子を聞いたらしいのだ。

玄次は笹川に姿を見せ、吟味の経過を話した後、

「嘉四郎と玄次は、死罪をまぬがれねえでしょう。手は下さなかったが、大勢殺して大金を奪ってやすからね」

と、言い添えた。

「それにしても、伊倉はどうして嘉四郎のような男の仲間にくわわったのであろうな」

伊倉は渡世人や無頼牢人《ろうにん》とはちがうとみていたのだ。

「嘉四郎が誘ったようですぜ。何年か前、嘉四郎は伊倉が通りかかった武士に立ち合いを挑んで斬るところを偶然見かけて、その腕に惚《ほ》れ込み、新たに道場をひらくためには資金が必要で、どうせなら金になる相手を斬ったらどうかと言って、仲間に引き入れたようです。……奪った金は、嘉四郎がそれぞれの役割に応じて分けてたそうです」

「剣だけでは、生きていけぬということか」

安兵衛は伊倉の生きざまに、悲哀と寂寥《せきりょう》を覚えた。

「伊倉も、旦那のように気儘《きまま》に生きてりゃァよかったんだ」

そう言い残し、玄次は笹川を出ていった。

玄次とのやりとりを思い出していた安兵衛は、階段を上がってくる足音に気付いて我に返った。お房である。最後の客を送り出し、片付けも一段落したので、安兵衛の様子を見に上がってきたらしい。

安兵衛は身を起こした。

「旦那、起きてますか」

お房が障子のむこうから小声で訊いた。

「起きてるぞ」

安兵衛も声をひそめて答えた。

スルスルと障子があいて、お房が入ってきた。行灯の灯に色白の顔がぼんやりと浮かび上がった。ふっくらした頬と細い唇が妙になまめかしい。

お房が畳に膝を折って、障子を後ろ手にしめた。かすかに脂粉の匂いがした。

「酒はいい。それより、話がある。ちょっと来い」

「話って何です」

お房が膝を寄せてきた。

「店はどうだ。だいぶ、客が入ったようではないか」

「そうなんですよ。辻斬りの下手人がつかまったお蔭で、浅草に客がもどってきたんです」

お房は目を細めて嬉しそうな顔をした。

「それはよかった」

言いざま、安兵衛はお房の腕をムズとつかんだ。

「何をするんです。まだ、峰造さんが店の片付けをしてるんですよ」

お房はなじるように言ったが、つかまれた手はひっ込めなかった。安兵衛を見つめた目が濡れたようにひかっている。

「片付けがすめば、勝手に帰るさ」

安兵衛はグイとお房の腕を引いた。

お房は、そんな気で来たんじゃァないんだから、と言いながらも安兵衛に体をあずけてきた。

「お房、店もおれたちふたりも、うまくいきそうだな」

そう言って、安兵衛はお房の背にまわした腕に力を込めた。

お房は、みんな旦那のお蔭だよ、と言って、安兵衛の胸に体をあずけてきた。柔らかなお房の体が、安兵衛の腕のなかで燃えている。

ふたりをつつんだ夜気が揺れ、障子に映ったふたつの影が激しく乱れた。安兵衛はお房を抱きながら、酒もいいが女もいい、とつぶやいた。

この作品は徳間文庫のために書下されました。

徳間文庫をお楽しみいただけましたでしょうか。どうぞご意見・ご感想をお寄せ下さい。
宛先は、〒105－8055　東京都港区芝大門2－2－1　㈱徳間書店「文庫読者係」です。

徳間文庫

極楽安兵衛剣酔記

とんぼ剣《けん》法《ぽう》

2006年9月15日 初刷

著者 鳥《と》羽《ば》亮《りょう》

発行者 松《まつ》下《した》武《たけ》義《よし》

東京都港区芝大門二—二—一〒105—8055

発行所 株式会社徳間書店

電話 編集部〇三(五四〇三)四三五〇
販売部〇三(五四〇三)四三二四

振替 〇〇一四〇—〇—四四三九二

印刷 株式会社廣済堂
製本

〈編集担当 永田勝久〉

ISBN4-19-892485-6 (乱丁、落丁本はお取りかえいたします)